郁達夫作品精選 4

# 歸航

—經典新版—

郁達夫

郁達夫——著

十年孤嶼羅浮夢
每到春來輒憶家
難得張郎知我意
畫眉還爲畫梅花

郁達夫

## 《歸航》目次

附錄

# 歸航

微寒刺骨的初冬晚上，若在清冷同中世似的故鄉小市鎮中，吃了晚飯，於未敲二更之先，便與家中的老幼上了樓，將你的身體躺入溫暖的被裏，呆呆的隔著帳子，注視著你的低小的木桌上的燈光，你必要因聽了窗外冷清的街上過路人的歌音和足聲而淚落。你因了這灰暗的街上的行人，必要追想到你孩提時候的景象上去。這微寒靜寂的晚間的空氣，這幽閒落寞的夜行者的哀歌，與你兒童時代所經歷的一樣，但是睡在樓上薄棉被裏，聽這哀歌的人的變化卻如何了？一想到這裏誰能不生起傷感的情來呢？——但是我的此言，是為像我一樣的無能力的將近中年的人而說的——

我在日本的郊外夕陽晼晚的山野田間散步的時候，也忽而起了一種同這情懷相像的懷鄉的悲感；看看幾個日夕談心的朋友，一個一個的減少下去的時候，我也想把我的迷遊生活結束了。

十年久住的這海東的島國，把我那同玫瑰露似的青春消磨了的這異鄉的天地，我雖受了她的凌辱不少，我雖不願第二次再使她來吻我的腳底，但是因為這厭惡的情太深了，到了將離的時候，倒反而生出了一種不忍與她訣別的心來。啊啊，這柔情一脈，便是千古的傷心種子，人生的悲劇，大約是發芽在此地的吧？

我於未去日本之先，我的高等學校時代的生活背景，也想再去探看一回。我於永久離開這強暴的小國之先，我的迭次失敗了的浪漫史的血跡，也想再去揩拭一回。

「輕薄淫蕩的異性者呀，你們用了種種柔術想把來弄殺了的他，現在已經化作了仙人，想回到他的須彌故國去了。請你們盡在這裏試用你們的手段吧，他將要騎了白鶴，回到他的母親懷裏去了。他回去之後，定將擁挾了霓裳仙子，舞幾夜通宵的歌舞，他是再也不來向你們乞憐的了。」

我也想用了微笑，代替了這一段言語，向那些愚弄過我的婦人，告個長別，用以泄泄我的一段幽恨。爲了這種種瑣碎的原因，我的回國日期竟一天一天的延長了許多的時日。

從家裏寄來的款也到了，幾個留在東京過夏的朋友爲我餞行的席也設了，想去的地方，也差不多去過了，幾冊愛讀的書也買好了，但是要上船的第一天（**七月的十五**）我又忽而跑上日本郵船公司去，把我的船票改遲了一班，我雖知道在黃海的這面有幾個——我只說幾個——與我意氣相合的朋友在那裏等我，但是我這莫名其妙的離情，我這像將死時一樣的哀感，究竟教我如何處置呢？我到七月十九的晚上，喝醉了酒，才上了東京的火車，上神戶去趁翌日出發的歸舟。

二十的早晨從車上走下來的時候，赤色的太陽光線已經將神戶市的一大半房屋燒熱了。神戶市的附近，須磨是風光明媚的海濱村，是三伏中地上避暑的快樂園，當前年須磨寺大祭的晚上，是我與一個不相識的婦人共宿過的地方。依我目下的情懷說來，是不得不再去留一宵宿，嘆幾聲別的，但是回故國的輪船將於午前十點鐘開行，我只能在海上與她遙別了。

「婦人呀婦人，但願你健在，但願你榮華，我今天是不能來看你了。再會——不……不……永別了……」

須磨的西邊是明石，紫式部的同畫卷似的文章，藍蒼的海浪，潔白的沙濱，參差雅淡的別莊，別莊內的美人，美人的幽夢，……

「明石呀明石！我只能在遊仙枕上，遠夢到你的青松影裏，再來和你的兒女談多情的韻事了。」

八點半鐘上了船，照管行李，整理艙位，足足忙了兩個鐘頭；船的前後鐵索響的時候，銅鑼報知將開船的時候，我的十年中積下來的對日本的憤恨與悲哀，不由得化作了數行冰冷的清淚，把海灣一帶的風景，染成了模糊像夢裏的江山。

「啊啊，日本呀！世界一等強國的日本呀！國民比我們矮小，野心比我們強烈的日本呀！我去之後，你的海岸大約依舊是風光明媚，你的兒女大約依舊是荒淫無忌地過去的。天色的蒼茫，海洋的浩蕩，大約總不至因我之去而稍生變更的。我的同胞的青年，大約仍舊要上你這裏來，繼續了我的運命，受你的欺辱的。但是我的青春，我的在你這無情的地上化費了的青春！啊啊，枯死的青春呀，你大約總再也不能回復到我的身上來了吧！」

二十一日的早晨，我還在三等艙裏做夢的時候，同艙的魯君就跳到我的枕邊上來說：「到了到了！到門司了！你起來同我們上門司去吧！」

我乘的這隻船，是經過門司不經過長崎的，所以門司，便是中途停泊的最後的海港；我的從昨日醞釀成的那種傷感的情懷，聽了門司兩字，又在我的胸中復活了起來。一隻手擦著眼睛，一隻手捏了牙刷，我就跟了魯君走出艙來。淡藍的天色，已經被赤熱的太陽光線籠罩了東方半角。平靜無波的海上，貫流著一種夏天早晨特有的清新的空氣。船的左右岸有幾堆同青螺似的小島，受了朝陽的照耀，映出了一種濃潤的綠色。前面去左船舷不遠的地方有一條翠綠的橫山，山上有兩株無線電報的電杆，突出在碧落的背景裏；這電杆下就是門司港市了。船又行進了三五十分鐘，回到那橫山正面的時候，我只見無數的人家，無數的工廠煙囪，無數的船舶和桅杆，縱橫錯落的浮映在天水中間的太陽光線裏，船已經到了門司了。

門司是此次我的腳所踐踏的最後的日本土地，上海雖然有日本的居民，天津漢口杭州雖然有日本的租界，但是日本的本土，怕今後與我便無緣分了。因爲日本是我所最厭惡的土地，所以今後大約我總不至於再來的。因爲我是無產階級的一介分子，所以將來大約我總不至坐在赴美國的船上，再向神戶橫濱來泊船的。所以我可以說門司便是此次我的腳所踐踏的最後的日本土地了。

我因爲想深深的嘗一嘗這最後的傷感的離情，所以衣服也不換，面也不洗，等船一停下，便一個人跳上了一隻來迎德國人的小汽船，跑上岸上去了。小汽船的速力，在海上振動了周圍清新的空氣，我立在船頭上，覺得一種微風同婦人的氣息似的吹上了我的面來。藍碧的海面上，被那小汽船沖起了一層波浪，汽船過處，現出了一片銀白的浪花，在那裏返射著朝日。

在門司海關碼頭上岸之後，我覺得射在灰白乾燥的陸地路上的陽光，幾乎要使我頭暈；在海上不感得的一種悶人的熱氣，一步一步的逼上我的面來，我覺得我的鼻上有幾顆珍珠似的汗珠滾出來了；我穿過了門司車站的前庭，便走進狹小的錦町街上去。我想永久將去日本之先，不得不買一點什麼東西，作作紀念，所以在街上走了一回，我就踏進了一家書店。

新刊的雜誌有許多陳列在那裏，我因爲不想買日本諸作家的作品，來培養我的創作能力，所以便走近裏面的洋書架去。小泉八雲 Lafcadio Hearn①的著作，Modern Library②的叢書占了書架的一大部分，我細細的看了一遍，覺得與我這時候的心境最適合的書還是去年新出版的John Paris的那本Kimono（日本衣服之名）。

我將要去日本了，我在淪亡的故國山中，萬一同老人追懷及少年時代的情人一般，有追思到日本的風物的時候，那時候我就可拿出幾本描寫日本的風俗人情的書來賞玩。這書若是日本人所著，他的描寫，必至過於真確，那時候我的追尋遠地的夢幻心境，倒反要被那真實粗暴的形相所打破。我在那時候若要在沙上建築蜃樓，若要從夢裏追尋生活，非要讀讀朦朧奇特、富有異國情調的，那些描寫月下的江山，追懷遠地的情事的書類不可；從此看來，這Kimono便是與這境狀最適合的書了，我心裏想了一遍，就把Kimono買了。

從書店出來，又在狹小的街上的暑熱的太陽光裏走了一段，我就忍了熱從錦町三丁目走上幸町的通里山的街上去。幸町是三弦酒肉的巢窟，是紅粉胭脂的堆棧，今天正好像是大掃除的日子，那些調和性欲，忠誠於她們的天職的妓女，都裸了雪樣的潔白，風樣的柔嫩的身體，在那裏打掃，啊啊，這日本的最美的春景，我今天看後，怕也不能多看了。

我在一家姓安東的妓家門前站了一忽，同饑狼似的飽看了一回爛熟的肉體，便又走下幸町的街路，折回到了港口。路上的灰塵和太陽的光線，逼迫我的身體，致我不得不向咖啡店去休息一場；我在去碼頭不遠的一家下等的酒店坐下的時候，身體也真疲勞極了。

喝了一大瓶啤酒，吃了幾碗日本固有的菜，我覺得我的消沉的心裏，也生了一點興致出來，便想盡我所有的金錢，上妓家去瞎鬧一場；但拿出表來一看，已經過十二點了，船是午後二點鐘就要拔錨的。

我出了酒店，手裏拿了一本Kimono，在街上走了兩步，就把遊蕩的邪心改過，到浴場去洗了一個澡，因以滌盡了十幾年來，堆疊在我這微軀上的日本的灰塵與惡土。

上船的時候，已經是午後一點半了。三十分後開船的時候，我和許多去日本的中國人和日本人立在三等艙外甲板上的太陽影裏，看最後的日本的陸地。門司的人家遠去了，工廠的煙囪也看不清楚了，近海岸的無人綠島也一個一個的少下去了，我正在出神的時候，忽聽一等艙的船樓上有清脆的婦人聲在那裏說話；我抬起頭來一看，見有一個年約十八九的中西雜種的少女，立在船樓的欄杆邊上，在那裏和一個紅臉肥胖的下劣西洋人說話。那少女皮膚帶著淺黑色，眼睛凹在鼻梁的兩邊，鼻尖高得很，瞳人帶些微黃，但仍是黑色；頭髮用烙鐵燙過，有一圈珍珠，帶在蓬蓬的髮下。她穿的是黃白薄綢的一件西洋的夏天女服，雙袖短得很，她若把手與肩胛平張起來，你從袖口能看得出她腋下的黑影，和胸前的乳頭來。她的頸項下的前後又裸著兩塊可愛的黃黑色的肥肉。下面穿的是一條短短的圍裙，她的瘦長的兩條腳露出在魚白的湖縐裙下。從玄色的絲襪裏蒸發出來的她的下體的香味，我好像也聞得出來的樣子。看看她那微笑的短短的面貌，和一排潔白的牙齒，我恨不得拿出一把手槍來，把那同禽獸似的西洋人擊殺了。

「年輕的少女呀，我的半同胞呀！你母親已經爲他們異類的禽獸點汙了，你切不可再與他們接近才好呢！我並不想你，我並不在這裏貪你的姿色；但是，但是像你這樣的美人，萬一被他們同野獸一樣的西洋人蹂躪了去，教我如何能堪呢！你那柔軟黃黑的肉體被那肥胖和雄豬似的洋人壓著的光景，我便在想像的時候，也覺得眼睛裏要噴出火來。少女呀少女！我並不要你愛我，我並不要你和我同夢。我只求你別把你的身體送給異類的外人去享樂就對了。我們中國也有美男子，我們中國也有同黑人一樣強壯的偉男子，我們中國也有幾千萬幾百萬家財的富翁，你何必要接近外國人呢！啊啊，中國可亡，但是中國的女子是不可被他們外國人強姦去的。少女呀少女！你聽了我的這哀願吧！」

我的眼睛呆呆的在那裏看守她那顴骨微突嘴巴狹小的面貌，我的心裏同跪在聖女馬琍亞像前面的舊教徒一樣，盡在那裏念這些祈禱。感傷的情懷，一時征服了我的全體，我覺得眼睛裏酸熱起來，她的面貌，就好像有一層Veil罩著的樣子，也漸漸的朦朧起來了。

海上的景物也變了。近處的小島完全失去了影子，空曠的海面上，映著了夕照，遠遠裏浮出了幾處同眉黛似的青山；我在甲板上立得不耐煩起來，就一聲也不響，低了頭，回到了艙裏。

太陽在西方海面上沉沒了下去，灰黑的夜陰從大海的四角裏聚集了攏來，我吃完了晚飯，仍復回到甲板上來，立在那少女立過的樓底直下。我仰起頭來看看她立過的地方，心裏就覺得悲哀起來，前次的純潔的心情，早已不復在了，我心裏只暗暗地想：

「我的頭上那一塊板，就是她曾經立過的地方。啊啊，要是她能愛我，就教我用無論什麼方法去使她快樂，我也願意的。啊啊，所羅門當日的榮華，比到純潔的少女的愛情，只值得什麼？事也不難，她立在我頭上板上的時候，我只須用一點奇術，把我的頭一寸一寸的伸長起來，鑽過船板去就對了。」

想到了這裏，我倒感著了一種滑稽的快感；但看看船外灰黑的夜陰，我覺得我的心境也同白日的光明一樣，一點一點被黑暗腐蝕了。

我今後的黑暗的前程，也想起來了。我的先輩回國之後，受了故國社會的虐待，投海自盡的一段哀史，也想起來了。

「我在那無情的島國上，受了十幾年的苦，若回到故國之後，仍不得不受社會的虐待，教我如何是好呢！日本的少女輕侮我，欺騙我時，我還可以說『我是爲人在客』，若故國的少女，也同日本婦人一樣的欺辱我的時候，我更有什麼話說呢！你看那Euroasian③不是已在那裏輕侮我了麼？她不是已經不承認我的存在了麼？唉，唉，唉，唉，我錯了，我錯了。我是不該回國來的。一樣的被人虐待，與其受故國同胞的欺辱，倒還不如受他國人的欺辱更好自家寬慰些。」

我走近船舷，向後面我所別來的國土一看，只見得一條黑線，隱隱的浮在東方的蒼茫夜色裏。

我心裏只叫著說：

「日本呀日本，我去了。我死了也不再回到你這裏來了。但是，但是我受了故國社會的壓迫，不得不自殺的時候，最後浮上我的腦子裏來的，怕就是你這島國哩！Avé Japon！④我的前途正黑暗得很呀！」

注釋

①拉夫凱迪奧・赫恩（1850-1904），作家，原為美國人，後入日籍，取名小泉八雲。

②英文，現代文庫。

③作者自撰詞，意為歐洲亞洲人。

④拉丁文，「萬福日本」之意。

# 還鄉記

## 一

大約是午前四五點鐘的樣子，我的過敏的神經忽而顫動了起來。張開了半隻眼，從枕上舉起非常沉重的頭，半醒半覺的向窗外一望，我只見一層灰白色的雲叢，密布在微明的空際，房裏的角上桌下，還有些暗夜的黑影流蕩著，滿屋沉沉，只充滿了睡聲，窗外也沒有群動的聲息。

「還早哩！」

我的半年來睡眠不足的昏亂的腦經，這樣的忖度了一下，將還有些昏痛的頭顱仍復投上了草枕，睡著了。

第二次醒來，急急的跳出了床，跑到窗前去看跑馬廳的大自鳴鐘的時候，心裏忽而起了一陣狂跳。我的模糊的睡眼，雖看不清那大自鳴鐘的時刻，然而第六官卻已感得了時間的遲暮，八點鐘的快車大約總趕不到了。

天氣不晴也不雨，天上只浮滿了些不透明的白雲，黃梅時節將過的時候，像這樣的天氣原是很多的。

我一邊跑下樓去匆匆的梳洗，一邊催聽差的起來，問他是什麼時候。因為我的一個鑲金的鋼表，在東京換了酒吃，一個新買的「愛而近」，去年在北京又被人偷了去，所以現在只落得和桃花源裏的鄉老一樣，要知道時刻，只能問問外來的捕魚者「今是何世？」

聽說是七點三刻了，我忽而銜了牙刷，莫名其妙的跑上樓跑下樓的跑了幾次，不消說心中是在懊惱的。忙亂了一陣，後來又仔細想了一想，覺得終究是趕不上八點的早車了，心地倒漸漸地平靜了下去。慢慢的洗完了臉，換了衣服，我就叫聽差的去雇了一乘人力車來，送我上火車站去。

我的故鄉在富春山中，正當清冷的錢塘江的曲處。車到杭州，還要在清流的江上坐兩點鐘的輪船。這輪船有午前午後兩班，午前八點，午後二點，各有一隻同小孩的玩具似的輪船由江幹開往桐廬去的。若在上海乘早車動身，則午後四五點鐘，當午睡初醒的時候，我便可到家，與閨中的兒女相見，但是今天已經是不行了。（是陰曆的六月初二。）

不能即日回家，我就不得不在杭州過夜，但是羞澀的阮囊，連買半斤黃酒的餘錢也沒有的我的境遇，教我哪裏更能忍此奢侈。我心裏又發起惱來了。可惡的我的朋友，你們既知道我今天早晨要走，昨夜就不該談到這樣的時候才回去的。可惡的是我自己，我已決定於今天早晨走，就不該拉住了他們談那些無聊的閒話的。這些也不知是從哪裏來的話？這些話也不知有什麼興趣？但是我們幾個人愁眉蹙額的聚首的時候，起先總是默默，後來一句兩句，話題一開，便倦也忘了，愁也丟了，眼睛就放起怖人的光來了，有時高笑，有時痛哭，講來講去，去歲今年，總還是這幾句話：

「世界真是奇怪，像這樣輕薄的人，也居然能成中國的偶像的。」

「正唯其輕薄，所以能享盛名。」

「他的著作是什麼東西？連抄人家的著書還要抄錯！」

「唉唉！」

「還有××呢！比××更卑鄙，更不通，而他享的名譽反而更大！」

「今天在車上看見的那個猶太女子真好哩！」

「她的屁股真大得愛人。」

「她的臂膊！」

「啊啊！」

「恩斯來的那本《彭思生里參拜記》，你念到什麼地方了？」

「三個東部的野人，

三個方正的男子，

他們起了崇高的心願，

想去看看什，瀉，奥夫，歐耳。」

「你真記得牢！」

像這樣的毫無系統，漫無頭緒的談話，我們不談則已，一談起頭，非要談到塊磊消盡，悲憤泄完的時候不止。唉，可憐的有識無產者，這些清談，這些不平，與你們的脆弱的身體，高抗的精神，究有何補？罷了罷了，還是回頭到正路上去，理點生產吧！

昨天晚上有幾位朋友，也在我這裏，談了些這樣的閒話，我入睡遲了，所以弄得今天趕車不及，不得不在西子湖邊，住宿一宵，我坐在人力車上，孤冷冷的看著上海的清淡的早市，心裏只在怨恨朋友，要使我多破費幾個旅費。

## 二

人力車到了北站，站上人物蕭條得很。大約是正在快車開出之後，慢車未發之先，所以現出這沉靜的狀態來的。我得了閒空，心裏倒生出了一點餘裕來，就在北站構內，閒走了一回。因爲我此番歸去，本來想去看看故鄉的景狀，能不能容我這零餘者回家高臥，所以我所帶的，只有兩袖清風，一隻空袋，和塡在鞋底裏的幾張鈔票——這是我的脾氣，有錢的時候，老把它們塡在鞋子底裏。一則可以防止扒手，二則因爲我受足了金錢的迫害，借此可以滿足我對金錢復仇的心思，有時候我真有用了全身的氣力，拚死蹂踐它們的舉動而已，身邊沒有行李，在車站上跑來跑去是非常自由的。

天上的同棉花似的浮雲，一塊一塊的消散開來，有幾處竟現出青蒼的笑靨來了。灰黃無力的陽光，也有幾處看得出來。雖有霏微的海風，一陣陣夾了灰土煤煙，吹到這灰色的車站中間，但是伏天的暑熱，已悄悄的在人的腋下腰間送信來了。啊啊！三伏的暑熱，你們不要來纏擾我這消瘦的行路病者！你們且上富家的深閨裏去，鑽到那些豐肥紅白的腿間乳下去，把她們的香液蒸發些出來吧！我只有這一件半舊的夏布長衫，若把汗水流汙了，那明天就沒得更換的呀！

在車站上踏來踏去的走了幾遍，站上的行人，漸漸的多起來了。男的女的，行者送者，面上都堆著滿貯希望的形容，在那裏左旋右轉。但是我——單只是我一個人——也無朋友親戚來送我的行，更無愛人女弟，來作我的伴，只在脆弱的心中，無端的充滿了萬千的哀感：

「論才論貌，在中國的二萬萬男子中間，我也不一定說是最下流的人，何以我會變成這樣的孤苦的呢！我前世犯了什麼罪來？我生在什麼星的底下的？我難道真沒有享受快樂的資格的麼？我不能信，我怎麼也不能信。」

這樣的一想，我就跑上車站的旁邊入口處去，好像是看見了我認識的一位美妙的女郎來送我回家的樣子。剛走到門口，果真見了幾個穿時樣的白衣裙的女子，正從人力車下來。其中有一個十七八歲的，戴白色運動軟帽的女學生，手裏提了三個很重的小皮箧，走近了我的身邊，我不知不覺竟伸出了一隻手去，想爲她代拿一個皮箧，好減輕她一點負擔，但她站住了腳，放開了黑晶晶的兩隻大眼反很詫異的對我看了一眼。

「啊啊！我錯了，我昏了，好妹妹，請你不要動怒；我不是壞人，我不是車站上的小竊，不過我的想像力太強，我把你當作了我的想像中的人物，所以得罪了你。恕我恕我，對不起，對不起，你的兩眼的責罰，是我所甘受的，你即用了你那隻柔軟的小手，批我一頓，我也是甘受的，我錯了，我昏了。」

我被她的兩眼一看，就同將睡的人受了電擊一樣，立即漲紅了臉，發出了一身冷汗，心裏作了一遍謝罪之辭，縮回了手，低下了頭，匆匆的逃走了。

啊啊！這不是衣錦的還鄉，這不是羅皮康（Rubicon）的南渡，有誰來送我的行，有誰來作我的伴呢！我的空想也未免太不自量了，我避開了那個女學生，逃到了車站大門口的邊上人叢中躲藏的時候，心裏還在跳躍不住。凝神屏氣的立了一會，向四邊偷看了幾眼，一種不可捉摸的感情，籠罩上我的全身，我就不得不把我的夏布長衫的小襟拖上面去了。

## 三

「已經是八點四十五分了。我在這裏躲藏也躲藏不過去的，索性快點去買一張票來上車去吧！但是不行不行，兩邊買票的人這樣的多，也許她是在內的，我還是上口頭的那扇近大門的窗口去買吧！這裏買票的人卻少得很！」

這樣的打定了主意，我就東探西望的走上了那玻璃窗口，去買了一張車票。伏倒了頭，氣喘吁吁的跑進了月臺，我方曉得剛才買的是一張二等車票，想想我腳下的餘錢，又想想今晚在杭州不得不付的膳宿費，我心裏忽而清了一清。經濟與戀愛是不能兩立的，剛才那女學生的事情，也漸漸的被我忘了。

浙江雖是我的父母之邦，但是浙江的知識階級的腐敗，一班教育家政治家對軍人的諂媚，對平民的壓制，以及小政客的婢妾的行爲！無厭的貪婪，平時想起就要使我作嘔。所以我每次回浙江去，總抱了一腔羞嫌的惡懷，障扇而過杭州，不願在西子湖頭作半日的勾留。只有這一回到了山窮水盡，我委委頹頹的逃返家中，仍想到我所嫌惡的故土去求一個息壞，投林的倦鳥，返壑的衰狐，當沒有我這樣的懊喪落膽的。啊啊！浪子的還家，只求老父慈兄，不責備我就對了，哪裏還有批評故鄉，憎嫌故鄉的心思，我一想到這一次的卑微的心境，又不覺泫泫的落下淚來了。

我孤伶仃的坐在車裏，看看外面月臺上跑來跑去的旅人，和穿黃色制服的挑夫，覺得模糊零亂。他們與我的中間，有一道冰山隔住的樣子。一面看看車站附近各工廠的高高的煙囪，又覺得我的頭上身邊，都被一層灰色的煙霧包圍在那裏。我深深的吸了一口氣，把車窗打開來看梅雨晴時的空際。天上雖還不能說是晴朗，但一斛晴雲，和幾道光線，是在那裏安慰旅人說：

「雨是不會下了，晴不晴開來，卻看你們的運氣吧！」

不多一忽，火車慢慢兒的開了。北站附近的貧民窟，同墳墓似的江北人的船室，汙泥的水瀦，曬在坍敗的曬臺上的女人的小衣，穢布，勞動者的破爛的衣衫等，一幅一幅的呈到我的眼前來，好像是老天故意把人生的疾苦，編成了這一部有系統的記錄，來安慰我的樣子。

啊啊，載人離別的你這怪獸！你不終不息的前進，不休不止的前進吧！你且把我的身體，搬到世界盡處去，搬入虛無之境去，一生一世，不要停止，盡是行行，行到世界萬物都化作青煙，你我的存在都變成烏有的時候，那我就感激你不盡了。

由現代的物質文明產生出來的貧苦之景，漸漸的被大自然掩蓋了下去，貧民窟過了，大都會附近之小鎮（Vorstadt）過了，路線的兩岸，只有平綠的田疇，美麗的別業，潔淨的野路，和壯健的農夫。在這調和的盛夏的野景中間，就是在路上行走的那一乘黃色人力車夫，也帶有些浪漫的色彩。他好像是童話裏的人物，並不是因爲衣食的原因，卻是爲了自家的快樂，拉了車在那裏行走的樣子。若要在這大自然的微笑中間，指出一件令人不快的事物來，那就是野草中間橫躺著的棺塚了。窮人的享樂，只有陶醉在大自然懷裏的一刹那。在這一刹那中間，他能把現實的痛苦，忘記得乾乾淨淨，與悠久的天空，廣漠的大地，化而爲一。這是何等的殘虐，何等的惡毒呢！當這樣的地方，這樣的時候，偏要把人間的歸宿，生物的運命，赤裸裸的指給他看！

我是主張把中國的墳塚，把野外的枯骨，都掘起來付之一炬，或投入汪洋的大海裏去的。

## 四

過了徐家匯，梵王渡，火車一程一程的進去，車窗外的綠色也一程一程的濃潤起來了；啊啊，我自失業以來，同鼠子蚊蟲，蟄居在上海的自由牢獄裏，已經有半年多的光景。我真想不到野外的自然，竟長得如此的清新，郊原的空氣，會釀得如此的爽健的。啊啊，自然呀，大地呀，生生不息的萬物呀，我錯了，我不應該離開了你們，到那穢濁的人海中間去覓食去的。

車過了莘莊，天完全變晴了。兩旁的綠樹枝頭，蟬聲渾如雨降。我側耳聽聽，回想我少年時的景象，像在做夢。悠悠的碧落，只留著幾條雲彩，在空際作霓裳的雅舞。一道陽光，遍灑在濃綠的樹葉，勻稱的稻秧，和柔軟的青草上面。被黃梅雨盛滿的小溪，奇形的野橋，水車的茅亭，高低的土堆，與紅牆的古廟，潔淨的農場，一幅一幅同電影似的盡在那裏更換。我以車窗作了鏡框，把這些天然的圖畫看得迷醉了，直等火車到松江停住的時候止，我的眼睛竟瞬息也沒有移動。唉，良辰美景奈何天，我在這樣的大自然裏怕已沒有生存的資格了吧，因爲我的腕力，我的精神，都被現代的文明撤下了毒藥，惡化成零，我哪裏還有執了鋤耜，去和農夫耕作的能力呢！

正直的農夫呀，你們是世界的養育者，是世界的主人公，我情願爲你們作牛作馬，代你們的勞，你們能分一杯麥飯給我麼？

車過了松江，風景又添了一味和平的景色。彎了背在田裏工作的農夫，草原上散放著的羊群，平橋淺渚，野寺村場，都好像在那裏作會心的微笑。火車飛過一處鄉村的時候，一家泥牆草舍裏忽有幾聲雞唱聲音，傳了出來。草舍的門口有一個赤膊的農夫，吸著煙站在那裏對火車呆看。我看了這樣純樸的村景，又不知不覺的叫了起來：

「啊啊！這和平的村落，這和平的村落，我幾年不與你相接了。」

大約是叫得太響了，我的前後的同車者，都對我放起驚異的眼光來。幸而這是慢車，坐二等車的人不多，否則我只能半途跳下車去，去躲避這一次的羞恥了。我被他們看得不耐煩，並且肚裏也覺得有些餓了，用手向鞋底裏摸了一摸，遲疑了一會，便叫過茶房來，命他爲我搬一客番菜來吃。

我動身的時候，腳底下只藏著兩張鈔票。火車票買後，左腳下的一張鈔票已變成了一塊多的找頭，依理而論是不該在車上大吃的。然而愈有錢愈想節省，愈貧窮愈要瞎花，是一般的心理，我此時也起了自暴自棄的念頭：

「橫豎是不夠的，節省這幾個錢，有什麼意思，還是吃吧！」

但是一個欲望滿足了的時候，第二個欲望馬上要起來的，我喝了湯，吃了一塊麵包之後，喉嚨覺得乾渴起來了，便又起了一個自暴自棄的念頭，率性叫茶房把啤酒汽水拿兩瓶來吧。啊啊，危險危險，我右腳下的一張鈔票，已有半張被茶房撕去了。

一邊飲食，一邊我仍在賞玩窗外的水光雲影。在幾個小車站上停了幾次，轟轟的過了幾處鐵橋，等我中餐吃完的時候，火車已經過了嘉興驛了，吃了個飽滿，並且帶了三分醉意，我心裏雖時時想到今晚在杭州的膳宿費，和明天上富陽去的輪船票，不免有些憂鬱，但是以全體的氣概講來，這時候我卻是非常快樂，非常滿足的：

「人生是現在一刻的連續，現在能夠滿足，不就好了麼？一刻之後的事情，又何必去想它，明天明年的事情，更可丟在腦後了。一刻之後，誰能保得火車不出軌！誰能保得我不死？罷了罷了，我是滿足得很！哈哈哈哈……」

我心裏這樣的很滿足的在那裏想，我的腳就慢慢的走上車後的眺望台去。因爲我坐的這掛車是最後的一掛，所以站在眺望臺上，既可細看野景，又可靜聽蟬鳴，接受些天風。我站在臺上，一手捏住鐵欄，一手用了半枝火柴在剔牙齒。涼風一陣陣的吹來，野景一幅幅的過去，我真覺得太幸福了。

## 五

我平生感得幸福的時間，總不能長久。一時覺得非常滿足之後，其後必有絕大的悲懷相繼而起。我站在車臺上，正在快樂的時候，忽而在萬綠叢中看見了一幅美滿的家庭團敘之圖，一個年約三十一二的壯健的農夫，兩手擎了一個周歲的小孩，在桑樹影下笑樂。一個穿青布衫的與農夫年紀相仿的農婦，笑微微的站在旁邊守著他們。在他們上面曬著的陽光樹影，更把他們的美滿的意情表現得十分明顯。地上攤著一只飯籮，一瓶茶，幾只茶飯碗。這一定是那農婦送來饗她男人的無疑。啊啊，桑間陌上，夫唱婦隨，更有你兩個愛情的結晶，在中間作姻緣的締帶，你們是何等幸福呀！然而我呢！啊啊我啊？我是一個有妻不能愛，有子不能撫的無能力者，在人生戰鬥場上的慘敗者，現在是在逃亡的途中的行路病者，啊！農夫呀農夫，願你與你的女人和好終身，願你的小孩聰明強健，願你的田穀豐多，願你幸福！你們的災殃，你們的不幸，全交給了我，凡地上一切的苦惱，悲哀，患難，索性由我一人負擔了去吧！

我心裏雖這樣的在替他祝福，我的眼淚卻連連續續的落了下來。半年以來，因為失業的原因，在上海流離的苦處，我想起來了。三個月前頭，我的女人和小孩，孤苦零仃的由這條鐵路上經過，蕭蕭索索的回家去的情狀，我也想出來了。啊啊，農家夫婦的幸福，讀書階級的飄零！我女人經過的悲哀的足跡，現在更由我在一步步的踐踏過去！若是有情，怎得不哭呢！

四圍的景色，忽而變了，一刻前那樣豐潤華麗的自然的美景，都好像在那裏嘲笑我的樣子：

「你回來了麼？你在外國住了十幾年，學了些什麼回來？你的能力怎麼不拿些出來讓我們看看？現在你有養老婆兒子的本領麼？哈哈！你讀書學術，到頭來還是歸到鄉間去囓你祖宗的積聚！」

我俯首看看飛行車輪，看看車輪下的兩條白閃閃的鐵軌和枕木卵石，忽而感得了一種強烈的死的誘惑。我的兩腳抖了起來，踉蹌前進了幾步，又呆呆的俯視了一忽，兩手捏住了鐵欄，我閉著眼睛，咬緊牙齒，在腳尖上用了一道死力，便把身體輕輕的抬跳起來了。

## 六

啊啊，死的勝利呀！我當時若志氣堅強一點，早就脫離了這煩惱悲苦的世界，此刻好坐在天神Beatrice的腳下拈花作微笑了。但是我那一跳，氣力沒有用足。我打開眼睛來看時，大地高天，稻田草地，依舊在火車的四周馳騁，車輪的輾聲，依舊在我的耳朵裏雷鳴，我的身體卻坐在欄杆的上面，絕似病了的鸚鵡，被鎖住在鐵條上待斃的樣子。我看看兩旁的美景，覺得半點鐘以前的稱頌自然美的心境，怎麼也回復不過來。我以淚眼與硤石的靈山相對，覺得硤西公園後石山上在太陽光下遊玩的幾個男女青年，都是擠我出世界外去的魔鬼。

車到了臨平，我再也不能細賞那荷花世界柳絲鄉的風景。我只覺得青翠的臨平山，將要變成我的埋骨之鄉。筧橋過了，艮山門過了。靈秀的保俶山，奇兀的北高峰，清泰門外貫流著的清淺的溪流，溪流上搖映著的蕭疏的楊柳，野田中交叉的窄路，窄路上的行人，前朝的最大遺物，參差婉繞的城牆，都不能喚起我的興致來。車到了杭州城站，我只同死刑囚上刑場似的下了月臺。

一出站內，在青天皎日的底下，看看我兒時所習見的紅牆旅舍，酒館茶樓，和年輕氣銳的生長在都會中的妙年人士，我心裏只是怦怦的亂跳，仰不起頭來。這種幻滅的心理，若硬要把它寫出來的時候，我只好用一個譬喻。譬如當青春的年少，我遇著了一位絕世的佳人，她對我本是初戀，我對她也是第一次的破題兒。兩人相攜相挽，同睡同行，春花秋月的過了幾十個良宵。後來我的金錢用盡，女人也另外有了心愛的人兒，她就學了樊素，同春去了。我只得和悲哀孤獨，貧困惱羞，結成伴侶。幾年在各地流浪之餘，我年紀也大了，身體也衰了，披了一身破襤的衣服，仍復回到當時我兩人並肩攜手的故地來。山川草木，星月雲霓，仍不改其美觀。我獨坐湖濱，正在臨流自吊的時候，忽在水面看見了那棄我而去的她的清影。她容貌同幾年前一樣的嬌柔，衣服同幾年前一樣的華麗，項下掛著的一串珍珠，比從前更加添了一層光彩，額上戴著的一圈瑪瑙，比曩時更紅豔得多了。且更有難堪者，回頭來一看，看見了一位文秀閒雅的美少年，站在她的背後，用了兩手在那裏摸弄她的腰背。

啊啊！這一種譬喻，值得什麼？我當時一下車站，對杭州的天地感得的那一種羞慚懊喪，若以言語可以形容的時候，我當時的夏布衫袖，就不會被淚汗濕透了，因爲說得出譬喻得出的悲懷，還不是世上最傷心的事情呀。我慢慢俯了首，離開了剛下車的人群與爭攬客人的車夫和旅館的招待者，獨行踽踽的進了一家旅館，我的心裏好像有千斤重的一塊鉛石垂在那裏的樣子。

開了一個單房間，洗了一個臉，茶房拿了一張紙來，要我寫上姓名年歲籍貫職業。我對他呆呆的看了一忽，他好像是疑我不曾出過門，不懂這規矩的樣子，所以又仔仔細細的解說了一遍。啊啊，我哪裏是不懂規矩，我實在是沒有寫的勇氣喲，我的無名的姓氏，我的故鄉的籍貫，我的職業！啊啊！叫我寫出什麼來？

被他催迫不過，我就提起筆來寫了一個假名，填上了異鄉人的三字，在職業欄下寫了一個無字。不知不覺我的眼淚竟濮嗒濮嗒的滴了兩滴在那張紙上。茶房也看得奇怪，向紙上看了一看，又問我說：

「先生府上是哪裏，請你寫上了吧，職業也要寫的。」

我沒有方法，就把異鄉人三字圈了，寫上朝鮮兩字，在職業之下也圈了一圈，填了「浮浪」兩字進去。茶房出去之後，我就關上了房門，倒在床上盡情的暗泣起來了。

## 七

伏在床上暗泣了一陣，半日來旅行的疲倦，征服了我的心身。在朦朧半覺的中間，我聽見了幾聲咯咯的叩門聲。糊糊塗塗的起來開了門，我看見祖母，不言不語的站在門外。天色好像晚了，房裏只是灰黑的辨不清方向。但是奇怪得很，在這灰黑的空氣裏，祖母面上的表情，我卻看得清清楚楚。這表情不是悲哀，當然也不是愉樂，只是一種壓人的莊嚴的沉默。我們默默的對坐了幾分鐘，她才移動了她那縐紋很多的嘴說：

「達！你太難了，你何以要這樣的孤潔呢！你看看窗外看！」

我向她指著的方向一望，只見窗下街上黑暗嘈雜的人叢裏有兩個大火把在那裏燃燒，再仔細一看，火把中間坐著一位木偶，但是奇極怪極，這木偶的面貌，竟完全與我的一個朋友的面貌一樣。依這情景看來，大約是賽會了，我回轉頭來正想和祖母說話，房內的電燈拍的響了一聲，放起光來了，茶房站在我的床前，問我晚飯如何？我只呆呆的不答，因爲祖母是今年二月裏剛死的，我正在追想夢裏的音容，哪裏還有心思回茶房的話哩？

遣茶房走了，我洗了一個面，就默默的走出了旅館。夕陽的殘照，在路旁的層樓屋脊上還看得出來。店頭的燈火，也星星的上了。日暮的空氣，帶著微涼，拂上面來。我在羊市街頭走了幾轉，穿過車站的庭前，踏上清泰門前的草地上去。沉靜的這杭州故郡，自我去國以來，也受了不少的文明的侵害，各處的舊跡，一天一天的被拆毀了。我走到清泰門前，就起了一種懷古之情，走上將拆而猶在的城樓上去。

城外一帶楊柳桑樹上的鳴蟬，叫得可憐。牠們的哀吟，一聲聲沁入了我的心脾，我如同海上的浮屍，把我的情感，全部付託了蟬聲，盡做夢似的站在叢殘的城牒上看那西北的浮雲和暮天的急情，一種淡淡的悲哀，把我的全身溶化了。這時候若有幾聲古寺的鐘聲，噹噹的一下一下，或緩或徐的飛傳過來，怕我就要不自覺的從城牆上跳入城濠，把我的靈魂和入在晚煙之中，去籠罩著這故都的城市。然而南屏還遠，Curfew①今晚上是不會鳴了。我獨自一個冷清清地立了許久，看西天只剩了一線紅雲，把日暮的悲哀嘗了個飽滿，才慢慢地走下城來。這時候天已黑了，我下城來在路上的亂石上鉤了幾腳，心裏倒起了一種莫明其妙的恐怖。我想想白天在火車上謀自殺的心思和此時的恐怖心一比，就不覺微笑了起來，啊啊，自負為靈長的兩足動物喲，你的感情思想，原只是矛盾的連續呀！說什麼理性？講什麼哲學？

走下了城，踏上清冷的長街，暮色已經瀰漫在市上了。各家的稀淡的燈光，比數刻前增加了一倍勢力。清泰門直街上的行人的影子，一個一個從散射在街上的電燈光裏閃過，現出一種日暮的情調來。天氣雖還不曾太熱，然而有幾家卻早把小桌子擺在門前，露天的在那裏吃晚飯了。我真成了一個孤獨的異鄉人，光了兩眼，盡在這日暮的長街上彳亍前進。

我在杭州並非沒有朋友，但是他們或當廳長，或任參謀，現在正是非常得意的時候；我若飄然去會，怕我自家的心裏比他們見我之後憎嫌我的心思更要難受。我在滬上，半年來已經飽受了這種冷眼，到了現在，萬一家裏容我，便可回家永住，萬一情狀不佳，便擬自決的時候，我再也犯不著去討這些沒趣了。我一邊默想，一邊看看兩旁的店家在電燈下圍桌晚餐的景象，不知不覺兩腳便走入了石牌樓的某中學所在的地方。啊啊，桑田滄海的杭州，旗營改變了，湖濱添了些邪惡的富家翁的別墅，但是這一條街，只有這一條街，依舊清清冷冷，和十幾年前我初到杭州考中學的時候一樣。物質文明的幸福，些微也享受不著，現代經濟組織的流毒，卻受得很多的我，到了這條黑暗的街上，好像是已經回到了故鄉的樣子，心裏忽感得了一種安泰，大約是興致來了，我就踏進了一家巷口的小酒店裏去買醉去。

## 八

在灰黑的電燈底下，面朝了街心，靠著一張粗木的桌子，坐下喝了幾杯高粱，我終覺得醉不成功。我的頭腦，愈喝酒愈加明晰，對於我現在的境遇反而愈加自覺起來了。我放下酒杯，兩手托著了頭，呆呆的向灰暗的空中凝視了一會兒，忽而有一種沉鬱的哀音夾在黑暗的空氣裏，漸漸的從遠處傳了過來。這哀音有使人一步一步在感情中沉沒下去的魔力，真可以說是中國管弦樂所獨具的神奇。過了幾分鐘，這哀音的發動者漸漸的走近我的身邊，我才辨出了胡琴與砰擊磁器的諧音來。啊啊！你們原來是流浪的聲樂家，在這半開化的杭州城裏想來賣藝糊口的可憐蟲！

他們二三人的瘦長的清影，和後面跟著看的幾個小孩，在酒館前頭掠過了。那一種悽楚的諧音，也一步一步的幽咽了，聽不見了。我心裏忽起了一種絕大的渴念，想追上他們，去飽嘗一回哀音的美味，付清了酒賬，我就走出店來，在黑暗中追趕上去。但是他們的幾個人，不知走上了什麼方向，我拚死的追尋，終究尋他們不著。唉，這曇花的一現，難道是我的幻覺麼？難道是上帝顯示給我的未來的預言麼？但是那悠揚沉鬱的弦音和磁盤砰擊的聲響，還繚繞在我的心中。我在行人稀少的黑暗的街上東奔西走的追尋了一會，沒有方法，就只好從豐樂橋直街走到了西湖的邊上去。

湖上沒有月華，湖濱的幾家茶樓旅館，也只有幾點清冷的電燈，在那裏放淡薄的微光；寬闊的馬路上，行人也寥落得很。我橫過了湖塍馬路，在湖邊上立了許久。湖的三面，只有沉沉的山影，山腰山腳的別莊裏，有幾點微明的燈火，要靜看才看得出來。幾顆淡淡的星光，倒映在湖裏，微風吹來，湖裏起了幾聲豁豁的浪聲。四邊靜極了。我把一枝吸盡的紙煙頭丟入湖裏，啾的響了一聲，紙煙的火就熄了。我被這一種靜寂的空氣壓迫不過，就放大了喉嚨，對湖心噢噢的發了一聲長嘯，我的胸中覺得舒暢了許多。沿湖的向西走了一段，我忽在樹蔭下椅子上，發見了一對青年男女。他和她的態度太無忌憚了，我心裏便忽而起了一種詛咒之情，把剛才長嘯之後的暢懷消盡了。

啊啊！青年的男女喲！享受青春，原是你們的特權，也是我平時的主張。但是，但是你們在不幸的孤獨者前頭，總應該謙遜一點，方能完全你們的愛情的美處。你們且牢牢記著吧！對了貧兒，切不要把你們的珍珠寶物給他看，因爲貧兒看了，愈要覺得他自家的貧困的呀！

我從人家睡盡的街上，走回城站附近的旅館裏來的時候，已經是深夜了。解衣上床，躺了一會，終覺得睡不著。我就點上一枝紙煙，一邊吸著，一邊在看帳頂。在沉悶的旅舍夜半的空氣裏，我忽而聽見了一陣清脆的女人聲音，和門外的茶房，在那裏說話。

「來哉來哉！嗅喲，等得諾（你）半業（日）嗒哉！」

這是輕佻的茶房的聲音。

「是哪一位叫的？」

啊啊！這一定是土娼了！

「仰（念）三號裏！」

「你同我去呵！」

「嗅喲，根（今）朝諾（你）個（的）面孔真白嗒！」

茶房領了她從我門口走過，開入了間壁念三號的房裏。

「好哉，好哉！活菩薩來哉！」

茶房領到之後，就關上門走下樓去了。

「請坐。」

「不要客氣！先生府上是哪裏？」

「阿拉（我）寧波。」

「是到杭州來耍子的麼？」

「來宵（燒）香個。」

「一個人麼？」

「阿拉邑個寧（人），京（今）教（朝）體（天）氣軋業（熱），查拉（為什麼）勿赤膊？」

「啥話語！」

「諾（你）勿脫，阿拉要不（替）諾脫哉。」

「不要動手，不要動手！」

「回（還）樸（怕）倒楣索啦？」

「不要動手，不要動手！我自家來解吧。」

「阿拉要摸一摸！」

吃吃的竊笑聲，床壁的震動聲。

啊啊！本來是神經衰弱的我，即在極安靜的地方，尚且有時睡不著覺，哪裏還經得起這樣淫蕩的吵鬧呢！北京的浙江大老諸君呀，聽說杭州有人倡設公娼的時候，你們曾經竭力的反對過，你們難道還不曉得你們的子女姊妹在幹這種營業，而在擾亂及貧苦的旅人麼？盤踞在當道，只知敲剝百姓的浙江的長官呀！你們若只知聚斂，不知濟貧，怕你們的妻妾，也要為快樂的原因，學她們的妙技了。唉唉！「邑有流亡愧俸錢」，你們曾聽人說過這句詩否！

## 九

我睡在床上，被間壁的淫聲挑撥得不能合眼，沒有方法，只得起來上街去閒步。這時候大約是後半夜的一二點鐘的樣子，上海的夜車已到著，羊市街福祿巷的旅店，都已關門睡了。街上除了幾乘散亂停住的人力車外，只有幾個敝衣凶貌的罪惡的子孫在灰色的空氣裏闊步。我一邊走一邊想起了留學時代在異國的首都裏每晚每晚的夜行，把當時的情狀與現在在這中國的死滅的都會裏這樣的流離的狀態一對照，覺得我的青春，我的希望，我的生活，都已成了過去的雲煙，現在的我和將來的我只剩得極微極細的一些兒現實味。我覺得自家實際上已經成了一個幽靈了。我用手向身上摸了一摸，覺得指頭觸著了一種極粗的夏布材料，又向臉上用了力摘了一把，神經也感得了一種痛苦。

「還好還好，我還活在這裏，我還不是幽靈，我還有知覺哩！」

這樣的一想，我立時把一刻前的思想打消，恰好腳也正走到了拐角頭的一家飯館前了。在四鄰已經睡寂的這深更夜半，只有這一家店同睡相不好的人的嘴似的空空洞洞的開在那裏。我晚上不曾吃過什麼，一見了這家店裏的鍋子爐灶，便也覺得饑餓起來了，所以就馬上踏了進去。

喝了半斤黃酒，吃了一碗麵，到付錢的時候，我又痛悔起來了。我從上海出發的時候，本來只有五元錢的兩張鈔票。坐二等車已經是不該的了，況又在車上大吃了一場。此時除付過了酒麵錢外，只剩得一元幾角餘錢，明天付過旅館宿費，付過早飯賬，付過從城站到江幹的黃包車錢，哪裏還有錢購買輪船票呢？我急得沒有方法，就在靜寂黑暗的街巷裏亂跑了一陣，我的身體，不知不覺又被兩腳搬到了西湖邊上。湖上的靜默的空氣，比前半夜，更增加了一層神秘的嚴肅。遊戲場也已經散了，馬路上除了拐角頭邊上的沒有看見車夫的幾乘人力車外，生動的物事一個也沒有。我走上了環湖馬路，在一家往時也曾投宿過的大旅館的窗下立了許久。看看四邊沒有人影，我心裏忽然來了一種惡魔的誘惑。

「破窗進去吧，去撮取幾個錢來吧！」

我用了心裏的手，把那扇半掩的窗門輕輕地推開，把窗門外的鐵杆，細心地拆去了二三枝，從牆上一踏，我就進了那間屋子。我的心眼，看見床前白帳子下擺著一雙白花緞的女鞋，衣架上掛著一件纖巧的白華絲紗衫，和一條黑紗裙。我把洗面台的抽斗輕輕抽開，裏邊在一個小小兒的粉盒和一把白象牙骨摺扇的旁邊，橫躺著一個沿口有光亮的鑽珠綻著的女人用的口袋。我向床上看了幾次，便把那口袋拿了，走到窗前，心裏起了一種憐惜羞悔的心思，又走回去，把口袋放歸原處。站了一忽，看看那狹長的女鞋，心裏忽又起了一種異想，就伏倒去把一隻鞋子拿在手裏。我把這雙女鞋聞了一回，玩了一回，最後又起了一種慘忍的決心，索性把口袋鞋子一齊拿了，跳出窗來。我幻想到了這裏，忽而回復了我的意識，面上就立時變得緋紅，額上也鑽出了許多汗珠。我眼睛眩暈了一陣，我就急急的跑回城站的旅館來了。

## 十

奔回到旅館裏，打開了門，在床上靜靜的躺了一忽，我的興奮，漸漸地鎮靜了下去。間壁的兩位幸福者也好像各已倦了，只有幾聲短促的鼾聲和時時從半睡狀態裏漏出來的一聲二聲的低幽的夢話，擊動著我的耳膜。我經了這一番心裏的冒險，神經也已倦竭，不多一會，兩隻眼包皮就也沉沉的蓋下來了。

一睡醒來，我沒有下床，便放大了喉嚨，高叫茶房，問他是什麼時候。

「十點鐘哉，鮮散（先生）！」

啊啊！我記得接到我祖母的病電的時候，心裏還沒有聽見這一句回話時的惱亂！即趁早班輪船回去，我的經濟，已難應付，哪裏還更禁得在杭州再留半日的呢？況且下午二點鐘開的輪船是快班，價錢比早班要貴一倍。我沒有方法，把腳在床上蹬踼了一回，只得悻悻地起來洗面。用了許多憤激之辭，對茶房發了一回脾氣，我就付了宿費，出了旅館從羊市街慢慢的走出城來。這時候我所有的財產全部，除了一個瘦黃的身體之外，就是一件半舊的夏布長衫，一套白洋紗的小衫褲，一雙線襪，兩隻半破的白皮鞋和八角小洋。

太陽已經升上了中天，光線直射在我的背上。大約是因爲我的身體不好，走不上半里路，全身的黏汗竟流得比平時更多一倍。我看看街上的行人，和兩旁的住屋中的男女，覺得他們都很滿足的在那裏享樂他們的生活，好像不曉得憂愁是何物的樣子。背後忽而起了一陣鈴響，來了一乘包車，車夫向我罵了幾句，跑過去了，我只看見了一個坐在車上穿白紗長衫的少年紳士的背形，和車夫的在那裏跑的兩隻光腿。

我慢慢的走了一段，背後又起了一陣車夫的威脅聲，我讓開了路，回轉頭來一看，看見了三部人力車，載著三個很純樸的女學生，兩腿中間各夾著些白皮箱鋪蓋之類，在那裏向我衝來。她們大約是放了暑假趕回家去的。我此時心裏起了一種悲憤，把平時祝福善人的心地忘了，卻用了憎惡的眼睛，狠狠的對那些威脅我的人力車夫看了幾眼。啊啊，我外面的態度雖則如此兇惡，但一邊我卻在默默的原諒他們的呀！

「你們這些可憐的走獸，可憐你們平時也和我一樣，不能和那些年輕的女性接觸。這也難怪你們的，難怪你們這樣的亂衝，這樣的興高采烈的。這幾個女性的身體豈不是載在你們的車上的麼？她們的白嫩的肉體上豈不是有一種電氣會傳到你們的身上來的麼？雖則原因不同，動機卑微，但是你們的汗，豈不是爲了這幾個女性的肉體而流的麼？啊啊，我若有氣力，也願跟了你們去典一乘車來，專拉這樣的如花少女。我更願意拚死的馳驅，消盡我的精力。我更願意不受她們的金錢酬報。」

走出了鳳山門，站住了腳，默默的回頭來看了一眼，我的眼角又忽然湧出了兩顆珠露來！

「珍重珍重，杭州的城市！我此番回家，若不馬上出來，大約總要在故鄉永住了，我們的再見，知在何日？萬一情狀不佳，故鄉父老不容我在鄉間終老，我也許到嚴子陵的釣石磯頭，去尋我的歸宿的，我這一瞥，或將成了你我的最後的訣別！我到此刻，才知道我胸際實在在痛愛你的明媚的湖山，不過盤踞在你的地上的那些野心狼子，不得不使我怨你恨你而已。啊啊，珍重珍重，杭州的城市！我若在波中淹沒的時候，最後映到我的心眼上來的，也許是我幾時親睦的你的這媚秀的湖山吧！」

注釋

①宵禁令。

# 立秋之夜

黝黑的天空裏，明星如棋子似的散布在那裏。比較狂猛的大風，在高處嗚嗚的響。馬路上行人不多，但也不斷。汽車過處，或天風落下來，阿斯法兒脫的路上，時時轉起一陣黃沙。是穿著單衣覺得不熱的時候。馬路兩旁永夜不息的電燈，比前半夜減了光輝，各家店門已關上了。

兩人盡默默的在馬路上走。後面的一個穿著一套半舊的夏布洋服，前面的穿著不流行的白紡綢長衫。他們兩個原是朋友，穿洋服的是在訪一個同鄉的歸途，穿長衫的是從一個將赴美國的同志那裏回來，二人係在馬路上偶然遇著的。二人都是失業者。

「你上哪裏去？」

走了一段，穿洋服的問穿長衫的說。

穿長衫的沒有回話，默默的走了一段，頭也不朝轉來，反問穿洋服的說：

「你上哪裏去？」

穿洋服的也不回答，默默的盡沿了電車線路在那裏走。

二人正走到一處電車停留處，後面一乘回車庫去的末次電車來了。穿長衫的立下來停了一停，等後面的穿洋服的。穿洋服的慢慢走到穿長衫的身邊的時候，停下的電車又開出去了。

「你爲什麼不乘了這電車回去？」

「……Come with me;

I will escort thee down the years,

With me thou walk'st immortality.」

啊啊！古今來的薄命詞人，到了途窮日暮誰不是這樣的想，但無情歲月，怕已吞沒了許多才人的名姓了的吧！我為彭思克子湯夢生泣，我更不得不為我所不知道的許多薄命詩人泣！

# 還鄉後記

風煙俱淨，天山共色，從流飄蕩，任意東西，自富陽至桐廬一百許里，奇山異水，天下獨絕。水皆縹碧，千丈見底，游魚細石，直視無礙，急湍甚箭，猛浪若奔，隔岸高山，皆生寒樹，負勢竟上，互相軒邈，爭高直指，千百成群。泉水激石，泠泠作響，好鳥相鳴，嚶嚶成韻。蟬則千轉不窮，猿則百叫無絕，鳶飛戾天者，望峰息心，經綸世務者，窺谷忘返，橫柯上蔽，在晝猶昏，疏條交映，有時見日。

吳均

## 一

Où Peut—on étre mieux qu'au sein de sa famille?

——「法國的古歌」

「比在家庭的懷抱裏覺得更好的地方，是什麼地方？」像這樣的地方，當然是沒有的，法國的這一句古歌，實在是把人情世態道盡了。

當微雨瀟瀟之夜，你若身眠古驛，看看蕭條的四壁，看看一點欲盡的寒燈，倘不想起家庭的人，這人便是沒有心腸者，任它草堆也好，破窯也好，你兒時放搖籃的地方，便是你死後最好的葬身之所呀！我們在客中臥病的時候，每每要想及家鄉，豈不就是這事的明證。

我空拳隻手的奔回家去。到了杭州，又把路費用盡；在赤日的底下，在車行的道上，我就不得不步行出城。緩步當車，說起來倒是好聽，但是在二十世紀的墮落的文明裏沉淪過的我，貧賤多驕，喜張虛勢；更何況一向以享樂爲主義的我，自然哪裏能夠安貧守分，蹀躞泥中呢！

這一天陰曆的六月初三，天氣倒好得很。但是炎炎的赤日，只能助長有錢有勢的人的納涼佳興，與我這行路病者，卻是絲毫無補的！我慢慢的出了鳳山門，立在城河橋上，一邊用了我那半舊的夏布長衫襟袖，揩拭汗水，一邊回頭來看看杭州的城市，與杭州城上蓋著的青天和城牆界上的一排山嶺，真有萬千的感慨，橫亙在胸中。預言者自古不爲其故鄉所容，我今朝卻只能對了故里的丘山，來求最後的蔭庇，五柳先生的心事，痛可知了。

啊啊！親愛的諸君，請你們不要誤會，我並非是以預言者自命的人，不過說我流離顛沛，卻是與預言者的境遇相同，社會錯把我作了天才看待罷了。即使羅秀才能行破石飛雞的奇蹟，然而他的品格，豈不和飄泊在歐洲大陸，猖狂乞食的寄泊棲（gipsy）一樣的卑下的麼？

我勉強走到了江幹，腹中飢餓得很了。回故鄉去的早班輪船，當然已經開出，等下午的快船出發，還有三個鐘頭。我在雜亂窄狹的南星橋市上飄流了一會，在靠江的一條冷清的夾道裏找出了一家坍敗的飯館來。

飯店的房屋的骨格，同我的胸腔一樣，肋骨已經一條一條地數得出來了。幸虧還有左側的一根木椽，從鄰家牆上，橫著支住在那裏，否則怕去秋的潮汎，早好把它拉入江心，作伍子胥的燒飯柴火了。店裏的幾張板凳桌子，都積滿了灰塵油膩，好像是前世紀的遺物。賬櫃上坐著一個四十內外的女人，在那裏做鞋子。灰色的店裏，並沒有什麼生動的氣象，只有在門口柱上貼著的一張「安寓客商」的塵蒙的紅紙，還有些微現世的感覺。我因爲腳下的錢已快完，不能更向熱鬧的街心去尋輝煌的菜館，所以就慢慢的踱了進去。

啊啊，物以類聚！你這短翼差池的飯館，你若是二足的走獸，那我正好和你分庭抗禮結成它一對的兄弟！

## 二

假使天公下一陣微雨，把錢塘江兩岸的風景，罩得煙雨模糊，把江邊的泥路，浸得汀濁難行，那麼這時候江幹的旅客，必要減去一半，那麼我乘船歸去，至少可以少遇見幾個曉得我的身世的同鄉；即使旅客不因之而減少，只教天上有暗淡的愁雲浮著，階前屋外有雨滴的聲音，那麼圍繞在我周圍的空氣和自然的景物，總要比現在更帶有陰凄的色彩，總要比現在和我的心境更加相符。若希望再奢一點，我此刻更想有一具黑漆棺木在我的旁邊。最好是秋風涼冷的九十月之交，葉落的林中，陰森的江上，不斷地篩著渺濛的秋雨。我在凋殘的蘆葦裏，雇了一葉扁舟，當日暮的時候，送靈柩歸去。小船除舟子而外，不要有第二個人。棺裏臥著的，若不是和我寢處追隨的一個年少婦人，至少也須是一個我的至親骨肉。我在灰暗微明的黃昏江上，雨聲淅瀝的蘆葦叢中，赤了足，張了油紙雨傘，提了一張燈籠，摸上船頭上去焚化紙帛。

我坐在靠江的一張破桌子上，等那櫃上的婦人下來替我炒蛋炒飯的時候，看看西興對岸的青山綠樹，看看江上的浩蕩波光，又看看在江邊沙渚的晴天赤日下來往的帆檣肩輿和舟子牛車。心裏忽起了一種怨恨天帝的心思。我怨恨了一陣，癡想了一陣，就把我的心願，原原本本的排演了出來。我一邊在那裏焚化紙帛，一邊卻對棺裏的人說：「Jeanne！我們要回去了，我們要開船了！怕有野鬼來麻煩，你就拿這一點紙帛送給他們吧！你可要飯吃？你可安穩？你可覺得傷心？你不要怕，我在這裏，我什麼地方都不去了，我在你的邊上。……」

我幽幽的講到了最後的一句，咽喉就塞住了。我在座上拱了兩手，把頭伏了下去，兩面額上，只感著一道熱氣。我重新把我所欲愛的女人，一個一個想了出來，見她們閉著口眼，冰冷的直臥在我的前頭。我覺得隱忍不住了，竟任情的放了一聲哭聲。那個在爐灶上的婦人，以爲我在催她的飯，她就同哄小孩子似的用了柔和的聲氣說：

「好了好了！就快好了，請再等一忽兒！」

啊啊！我又想起來了，我又想起來了，年幼的時候，當我哭泣的時候，祖母母親哄我的那一種聲氣！

「已故的老祖母，倚閭的老母親！你們的不肖的兒孫，現在正落魄了在江幹等回故里的船呀！」

我在自己製成的傷心的淚海裏游泳了一會，那婦人捧了一碗湯，一碗炒飯，擺上了我的面前。我仰起頭來對她一看，她倒驚了一跳。對我呆看了一眼，她就去絞了一塊手巾來遞給我，叫我擦一擦面。我對了這半老婦人的殷勤，心裏說不出的只在感謝。幾日來因為睡眠不足，營養不良的緣故，已經是非常感到衰弱，動著就要流淚的我，對她的這一種感謝，也變成了兩行清淚，噗嗒的滴下腮來。她看了這種情形，就問我說：

「客人，你可是遇見了壞人？」

我搖搖頭，勉強的對她笑了一笑，什麼話也不能回答。

她呆呆的立了一回，看我不能講話，也就留了一句：「飯不夠吃，好再炒的。」安慰我的話，走向她的櫃上去了。

## 三

我吃完了飯，付了她兩角銀角子，把找回來的八九個銅子，也送給了她，她卻搖著頭說：

「客人，你是趕船的麼？船上要用錢的地方多得很哩，這幾個銅子你收著用吧！」

我以爲她怪我吝嗇，只給她幾個銅子的小賬，所以又摸了兩角銀角子出來給她。她卻睜大了眼睛對我說：

「咿咿！這算什麼？這算什麼？」

她硬不肯收，我才知道了她的真意，所以說：

「但是無論如何，我總要給你幾個小賬的。」

她又推了一回，才收了三個銅子說：

「小賬已經有了。」

啊啊，我自回中國以來，遇見的都是些卑汙貪暴的野心狼子，我萬萬想不到在澆薄的杭州城外，有這樣的一個真誠的婦人的。婦人呀婦人，你的坍敗的屋椽，你的凋零的店鋪，大約就是你的真誠的結果，社會對你的報酬！啊啊，我真恨我沒有黃金十萬，爲你建造一家華麗的大酒樓。

「再會再會！」

「順風順風！船上要小心一點。」

「謝謝！」

我受婦人的憐惜，這可算是平生的第一次。

走出了飯館，從太陽曬著的這條冷靜的夾道，走上輪船公司的那條大街上去。大約是將近午飯的時候了，街上的行人，比曩時少了許多。我走到輪船公司門口，向窗裏一看，見賬房內有五六個男子圍了桌子，赤了膊在那裏說笑吃飯。賣票的窗前的屋裏，在角頭椅上，只坐著兩個鄉下人，在那裏等候，從他們的衣服態度上看來，他們想必是臨浦蕭山一帶的農民，也不知他們有什麼心事，他們的眉毛卻蹙得緊緊的。

我走近了他們，在他們旁邊坐下之後，兩人中間的一個看了我一眼，問我說：

「鮮散（先生）！到臨浦厭辦（煙篷）幾個臉（錢）？」

「我也不知道，大約是一二角角子吧。」

「喏（你）到啥地方起（去）咯？」

「我上富陽去的。」

「哎（我們）是爲得打官司到杭州來咯。」

我並不問他，他卻把這一回因爲一個學堂裏出身的先生告了他的狀，不得不到杭州來的事情對我詳細地訴說了：

「哎真勿要打官司啦！格煞（現在）田裏已（又）忙，寧（人）也走勿開，真真苦煞哉啦！漢（那）個學堂裏個（的）鮮散，心也脫凶哉，哎請啦寧剛（講）過好兩遍，情願拿出八十塊洋鈿不（給）其（他），其（他）要哎百念塊。喏（你）看，格煞五荒六月，教哎啥地方去變出一百念塊洋鈿來呢！」

他說著似乎是很傷心的樣子。

「唉唉！你這老實的農民，我若有錢，我就給你一百二十塊錢救你出險了。但是

Thou's met me in an evil hour,

……………

To spare thee now is past my power,

……………

我心裏這樣的一想，又重新起了一陣身世之悲。他看我默默的不語，便也住了口，仍復沉入悲愁的境裏去了。

## 四

我坐在輪船公司的那只角上，默默地與那農民相對，耳裏斷斷續續的聽了些在賬房裏吃飯的人的笑語，只覺得一陣一陣的哀心隱痛，絕似臨盆的孕婦，要產產不出來的樣子。

杭州城外，自閘口至南星，統江幹一帶，本是我舊遊之地；我記得沒有去國之先，在岸邊花艇裏，金尊檀板，也曾眠醉過幾場。江上的明月，月下的青山，與越郡的雞酒，佐酒的歌姬，當然依舊在那裏助長人生的樂趣。但是我呢？我身上的變化呢？我的同乾柴似的一雙手裏，只捏了三個兩角的銀角子，在這裏等買船票！

過了一點多鐘，輪船公司的那間屋裏，擠滿了旅人，我因爲怕逢著認識我的同鄉，只俯了首，

默默的坐著不敢吐氣。啊啊，窗外的被陽光曬著的長街，在街上手輕腳健快快活活來往的行人，請你們饒恕我的罪吧，這時候我心裏真恨不得丟一個炸彈，與你們同歸於盡呀。

跟了那兩個農民，在窗口買了一張煙篷船票，我就走出公司，走上碼頭，走上跳板，走上駁船去。

原來錢塘江岸，淺灘頗多，碼頭下有一排很長的跳板，接在那裏。我跟了眾人，一步一步的從跳板上走到駁船裏去的時候，卻看見了一個我自家的影子，斜映在江水裏，慢慢地在那裏前進。等走到跳板盡處，將上駁船的時候，我心裏忽而想起了一段我女人寫給我的信上的話：

「我從來沒有一個人單獨出過門，那天晚上，我對你說的讓我一個人回去的話，原是激於一時的意氣而發，我實不知道抱著一個六個月的孩子的婦人的單獨旅行，是如何苦法。那天午後，你送我上車，車開之後，我抱了龍兒，看看車裏坐著的男女，覺得都比我快樂。我又探頭出來，遙向你住著的上海一望，只見了幾家工廠，和屋上排列在那裏的一列煙囪。我對龍兒看了一眼，就不知不覺的湧出了兩滴眼淚。龍兒看了我這樣子，也好像有知識似的對我呆住了。他跳也不跳了，笑也不笑了，默默的盡對我呆看。我看了這種樣子，更覺得傷心難耐，就把我的顏面俯上他的臉去，緊緊地吻了他一回。他呆了一會，就在我的懷裏睡著了。

火車行行前進，我看看車窗外的野景，忽而想起去年你帶我出來的時候的景象。啊啊！去歲的初秋，你我一路出來上A地去的快樂的旅行，和這一回慘敗了回來的情狀一比，當時的感慨如何，大約是你所能推想得出的！

在江幹的旅館裏過了一夜，第二天的早晨，我差茶房送了一個信給住在江幹的我的母舅，他就來了。把我的行李送上輪船之後，買了票子，他又來陪我上船去。龍兒硬不要他抱，所以我只能抱著龍兒，跟在他後面，一步一步的走上那駭人的跳板去，等跳板走盡的時候，我本想把龍兒交給母舅，縱身一跳，跳入錢塘江裏去的。但是仔細一想，在昏夜的揚子江邊還淹不死的我，在白日的這淺渚裏，哪裏能達到我的目的？弄得半死不活，走回家去，反而要被人家笑話，還不如忍著吧。

我到家以後，這幾天來，簡直還沒有取過飲食，所以也沒有氣力寫信給你，請你諒我。……」

## 五

啊啊，貧賤夫妻百事哀！我的女人呀，我累你不少了。

我走上了駁船，在船篷下坐定之後，就把三個月前，在上海北站，送我女人回家的事情想了出來。忘記了我的周圍坐著的同行者，忘記了在那裏搖動的駁船，並且忘記了我自家的失意的情懷，我只見清瘦的我的女人抱了我們的營養不良的小孩在火車窗裏，在對我流淚。火車隨著蒸氣機關在那裏前進，她的眼淚灑滿的蒼白的臉兒，也和車輪合著了拍子，一隱一現的在那裏窺探我。我對她點一點頭，她也對我點一點頭。我對她手招一招，教她等我一忽，她也對我手招一招。我想使盡我的死力，跳上火車去和她坐一塊兒，但是心裏又怕跳不上去，要跌下來。我遲疑了許久，看她在窗裏的愁容，漸漸的遠下去，淡下去了，才抱定了決心，站起來向前面伸出了一隻手去。

我攀著了一根鐵幹，聽見了一聲呴呴的衝擊的聲音，縱身向上一跳，覺得雙腳踏在木板上了。忽有許多嘈雜的人聲，逼上我的耳膜來，並且有幾隻強有力的手，突突的向我背後推打了幾下。我回轉頭來一看，方知是駁船到了輪船身邊，大家在爭先的跳上輪船來，我剛才所攀著的鐵桿，並不是火車的回欄，我的兩腳也並不是在火車中間，卻踏在小輪船的舷上。

我隨了眾人擠到後面的煙篷角上去占了一個位置，靜坐了幾分鐘，把頭腦休息了一下，方才從剛才的幻夢狀態裏醒了轉來。

向船外一望，我看見透明的淡藍色的江水，在那裏返射日光。更抬頭起來，望到了對岸，我看見一條黃色的沙灘，一排蒼翠的雜樹，靜靜的躺在午後的陽光裏吐氣。

我彎了腰背孤伶仃的坐了一忽，輪船開了。在閘口停了一停，這一隻同小孩子的玩具似的小輪船就僕獨僕獨的奔向西去。兩岸的樹林沙渚，旋轉了好幾次，江岸的草舍，農夫，和偶然出現的雞犬小孩，都好像是和平的神話裏的材料，在那裏等赫西奧特（Hesiod）的吟詠似的。

經過了聞家堰。不多一忽，船就到了東江嘴。上臨浦義橋的船客，是從此地換入更小的輪船，溯支江而去的。買票前和我坐在一起的那兩個農民，被茶房拉來拉去的拉到了船邊，將換入那隻等在那裏的小輪船去的時候，一個和我講話過的人，忽而回轉頭來對我看了一眼，我也不知不覺的回了他一個目禮。啊啊！我真想跟了他們跳上那隻小輪船去，因爲一個鐘頭之後，我的輪船就要到富陽了，這回前去停船的第一個碼頭，就是富陽了，我有什麼面目回家去見我的衰親，見我的女人和小孩呢？

但是命運注定的最壞的事情，終究是避不掉的。輪船將近我故里的縣城的時候，我的心臟的鼓動也和輪船的機器一樣，僕獨僕獨的響了起來。等船一靠岸，我就雜在眾人堆裏，披了一身使人眩暈的斜陽，俯著首走上岸來。上岸之後，我卻走向和回家的路徑方向相反的一個冷街上的土地廟去坐了兩點多鐘。等太陽下山，人家都在吃晚飯的時候，我方才乘了夜陰，走上我們家裏的後門去。我側耳一聽，聽見大家都在庭前吃晚飯，偶爾傳過來的一聲我女人和母親的說話的聲音，使我按不住的想奔上前去，和她們去說一句話，但我終究忍住了。乘後門邊沒有一個人在，我就放大了膽，輕輕推開了門，不聲不響的摸上樓上我的女人的房裏去睡了。

晚上我的女人到房裏來睡的時候，如何的驚惶，我和她如何的對泣，我們如何的又想了許多謀自盡的方法，我在此地不記下來了，因爲怕人家說我是爲欲引起人家的同情的緣故，故意的在誇張我自家的苦處。

# 蘇州煙雨記

## 一

悠悠的碧落，一天一天的高遠起來。清涼的早晚，覺得天寒袖薄，要縫件夾衣，更換單衫。樓頭思婦，見了鵝黃的柳色，牽情望遠，在綢衾的夢裏，每欲奔赴玉門關外去。當這時候，我們若走出戶外天空下去，老覺得好像有一件什麼重大的物事，被我們忘了似的。可不是麼？三伏的暑熱，被我們忘掉了喲！

在都市的沉濁的空氣中棲息的裸蟲！在利欲的爭場上吸血的戰士！年年歲歲，不知四季的變遷，同鼷鼠似的埋伏在軟紅塵裏的男男女女！你們想發見你們的靈性不想？你們有沒有向上更新的念頭？你們若欲上空曠的地方，去呼一口自由的空氣，一則可以醒醒你們醉生夢死的頭腦，二則可以看看那些就快凋謝的青枝綠葉，豫藏一個來春再見之機，那麼請你們跟了我來，Und ich, ich Schnuere Den Sack and wandere（還有我，我痛苦啊，失業後的漫遊。），我要去尋訪伍子胥吹簫吃食之鄉，展拜秦始皇求劍鑿穿之墓，並想看看那有名的姑蘇台苑哩！

「象以齒斃，膏用明煎」，為人切不可有所專好，因為一有了嗜癖，就不得不為所累。我閒居滬上，半年來既無職業，也無忙事，本來只須有幾個買路錢，便是天南地北，也可以悠然獨往的，然而實際上卻是不然。因為自去年同幾個同趣味的朋友，弄了幾種我們所愛的文藝刊物出來之後，愚蠢的我們，就不得不天天服海兒克兒斯（Hercules）的苦役了，所以九月三日的早晨，決定和友人沈君，乘車上蘇州去的時候，我還因有一篇文字沒有交出之故，心裏只在怦怦的跳動。

那一天（九月三日）也算是一天清秋的好天氣。天上雖沒有太陽，然而幾塊淡青的空處，和西洋女子的碧眼一般，在白雲浮蕩的中間，常在向我們地上的可憐蟲密送秋波。不是雨天，不是晴日，若硬要把這一天的天氣分出類來，我不管氣象臺的先生們笑我不笑我，姑且把它叫風雲飛舞，陰晴交讓的初秋的一日吧。

這一天的早晨，同鄉的沈君，跑上我的寓所來說：

「今天我要上蘇州去。」

我從我的屋頂下的房裏，看看窗外的天空，聽聽市上的雜噪，忽而也起了一種懷慕遠處之情（Sehusucht nach der Ferne）。九點四十分的時候，我和沈君就搖來搖去的站在三等車中，被機關車搬向蘇州去了。

「仙侶同舟！」古人每當行旅的時候，老在心中竊望著這一種豔福。我想人既是動物，無論男女，欲念總不能除，而我既是男人，女人當然是愛的。這一回我和沈君匆促上車，初不料的車上的人是那樣擁擠的，後來從後面走上了前面，忽在人叢中聽出了一種清脆的笑聲來。「明眸皓齒的你們這幾位女青年，你們可是上蘇州去的麼？」我見了她們的那一種活潑的樣子，真想開口問她們一聲，但是三千年的道德觀，和見人就生恐懼的我的自卑狂，只使我紅了臉，默默的站在她們身邊，不過暗暗的聞吸聞吸從她們髮上身上口中蒸發出來的香氣罷了。我把她們偷看了幾眼，心裏又長嘆了一聲：

「啊啊！容顏要美，年紀要輕，更要有錢！」

## 二

我們同車的幾個「仙侶」，好像是什麼女學校的學生。她們的活潑的樣子——使惡魔講起來就是輕佻——豐肥的肉體——使惡魔講起來就是多淫——和爛熟的青春，都是神仙應有的條件，但是只有一件，只有一件事情，使我無論如何也不能把她們當作神仙的眷屬看。非但如此，為這一件事情的原故，我簡直不能把她們當作我的同胞看。這是什麼呢，這便是她們故意想出風頭而用的英文的談話。假使我是不懂英文的人，那末從她們的緋紅的嘴唇裏滾出來的嘰哩咕嚕，正可以當作天女的靈言聽了，倒能夠對她們更加一層敬意。假使我是崇拜英文的人，那末聽了她們的話，也可以感得幾分親熱。但是我偏偏是一個程度與她們相仿的半通英文而又輕視英文的人，所以我的對她們的熱意，被她們的談話一吹幾乎吹得冰冷了。

世界上的人類，抱著功利主義，受利欲的催眠最深的，我想沒有過於英美民族的了。但我們的這幾位女同胞，不用《西廂》、《牡丹亭》上的說白來表現她們的思想，不把《紅樓夢》上言文一致的文字來代替她們的說話，偏偏要選了商人用的這一種有金錢臭味的英語來賣弄風情，是多麼殺風景的事情啊！你們即使要用外國文，也應選擇那神韻悠揚的法國語，或者更適當一點的就該用半清半俗，薄愛民語（La langue des Bohemiens），何以要用這卑俗的英語呢？啊啊，當現在崇拜黃金的世界，也無怪某某女學等卒業出來的學生，不願爲正當的中國人的糟糠之室，而願意自薦枕席於那些猶太種的英美的下流商人的。

我的朋友有一次說，「我們中國亡了，倒沒有什麼可惜，我們中國的女性亡了，卻是很可惜的。現在在洋場上作寓公的有錢有勢的中國的人物，尤其是外交商界政界的人物，他們的妻女，差不多沒有一個不失身於外國的下流流氓的，你看這事傷心不傷心哩！」我是兩性問題上的一個國粹保存主義者，最不忍見我國的嬌美的女同胞，被那些外國流氓去足踐。我的在外國留學時代的遊蕩，也是本於這主義的一種復仇的心思。我現在若有黃金千萬，還想去買些白奴來，供我們中國的黃包車夫苦力小工享樂啦！

唉唉！風吹水縐，干儂底事，她們在那裏賤賣血肉，於我何尤。我且探頭出去看車窗外的茂茂的原田，青青的草地，和清溪茅舍，叢林曠地吧！

「啊啊，那一道隱隱的飛帆，這大約是蘇州河吧！」

我看了那一條深碧的長河，長河彼岸的黏天的短樹，和河內的帆船，就叫著問我的同行者沈君，他還沒有回答我之先，立在我背後的一位老先生卻回答說：

「是的，那是蘇州河，你看隱約的中間，不是有一條長堤看得見麼！沒有這一條堤，風勢很大，是不便行舟的。」

我注目一看，果真在河中看出了一條隱約的長堤來。這時候，在東面車窗下坐著的旅客，都紛紛站起來望向窗外去。我把頭朝轉來一望，也看見了一個汪洋的湖面，起了無數的清波，在那裏洶湧。天上黑雲遮滿了，所以湖面也只似用淡墨塗成的樣子。湖的東岸，也有一排矮樹，同凸出的雕刻似的，以陰沉灰黑的天空作了背景，在那裏作苦悶之狀。我不曉是什麼理由，硬想把這一排沿湖的列樹，斷定是白楊之林。

## 三

車過了陽澄湖，同車的旅客，大家不向車的左右看而注意到車的前面去，我知道蘇州就不遠了。等蘇州城內的一枝尖塔看得出來的時候，幾位女學生，也停住了她們的黃金色的英語，說了幾句中國話。

「蘇州到了！」

「可惜我們不能下去！」

「But we will come in the winter.」

她們操的並不是柔媚的蘇州音，大約是南京的學生吧？也許是上北京去的，但是我知道了她們不能同我一道下車，心裏卻起了一種微微的失望。

車。

「女學生諸君，願你們自重，願你們能得著幾位金龜佳婿，我要下車去了。」心裏這樣的講了幾句，我等著車停之後，就順著了下車的人流，也被他們推來推去的推下了車。

出了車站，馬路上站了一忽，我只覺得許多穿長衫的人，路的兩旁停著的黃包車，馬車，車夫和驢馬，都在灰色的空氣裏混戰。跑來跑去的人的叫喚，一個錢兩個錢的爭執，蕭條的道旁的楊柳，黃黃的馬路，和在遠處看得出來的一道長而且矮的土牆，便是我下車在蘇州得著的最初的印象。

濕雲低垂下來了。在上海動身時候看得見的幾塊青淡的天空也被灰色的層雲埋沒煞了。我仰起頭來向天空一望，臉上早接受了兩三點冰冷的雨點。

「危險危險，今天的一場冒險，怕要失敗。」

我對在旁邊站著的沈君這樣講了一句，就急忙招了幾個馬車夫來問他們的價錢。我的腳踏蘇州的土地，這原是第一次。沈君雖已來過一二回，但是那還是前清太平時節的故事，他的記憶也很模糊了。並且我這一回來，本來是隨人熱鬧，偶爾發作的一種變態旅行，既無作用，又無目的的，所以馬夫問我「上哪裏去？」的時候，我想了半天，只回答了一句「到蘇州去！」究竟沈君是深於世故的人，看了我的不知所措的樣子，就不慌不忙的問馬車夫說：

「到府門去多少錢？」

好像是老熟的樣子。馬車夫倒也很公平，第一聲只要了三塊大洋。我們說太貴，他們就馬上讓了一塊，我們又說太貴，他們又讓了五角。我們又試了試說太貴，他們卻不讓了，所以就在一乘開口馬車裏坐了進去。

起初看不見的微雨，愈下愈大了，我和沈君坐在馬車裏，盡在野外的一條馬路上橫斜的前進。青色的草原，疏淡的樹林，蜿蜒的城牆，淺淺的城河，變成這樣，變成那樣的在我們面前交換。醒人的涼風，休休的吹上我的微熱的面上，和嗒嗒的馬蹄聲，在那裏合奏交響樂。我一時忘記了秋雨，忘記了在上海剩下的未了的工作，並且忘記了半年來失業困窮的我，心裏只想在馬車上作獨腳的跳舞，嘴裏就不知不覺的念出了幾句獨腳跳舞的歌來：

秋在何處，秋在何處？
在蟋蟀的床邊，在怨婦樓頭的砧杵，
你若要尋秋，你只須去落寞的荒郊行旅，
刺骨的涼風，吹消殘暑，
漫漫的田野，剛結成禾黍，
一番雨過，野路牛跡裏貯著些兒淺渚，
悠悠的碧落，反映在這淺渚裏容與，

月光下，樹林裏，蕭蕭落葉的聲音，便是秋的私語。

我把這幾句詞不像詞，新詩不像新詩的東西唱了一回，又向四邊看了一回，只見左右都是荒郊，前面只是一條沒有盡頭的長路，所以心裏就害怕起來，怕馬夫要把我們兩個人搬到杳無人跡的地方去殺害。探頭出去，大聲的喝了一聲：

「喂！你把我們拖上什麼地方去？」

那狡猾的馬夫，突然吃了一驚，噗的從那坐凳上跌下來，他的馬一時也驚跳了一陣，幸而他雖跌倒在地下，他的馬繮繩，還牢捏著不放，所以馬沒有逃跑。他一邊爬起來，一邊對我們說：

「先生！老實說，府門是送不到的，我只能送你們上洋關過去的密度橋上。從密度橋到府門，只有幾步路。」

他說的是沒有丈夫氣的蘇州話，我被他這幾句柔軟的話聲一說，心已早放下了，並且看看他那五十來歲的面貌，也不像殺人犯的樣子，所以點了一點頭，就由他去了。

馬車到了密度橋，我們就在微雨裏走了下來，上沈君的友人寄寓在那裏的葑門內的嚴衙前去。

## 四

進了封建時代的古城，經過了幾條狹小的街巷，更越過了許多環橋，才尋到了沈君的友人施君的寓所。進了葑門以後，在那些清冷的街上，所得著的印象，我怎麼也形容不出來。上海的市場，若說是二十世紀的市場，那末這蘇州的一隅，只可以說是十八世紀的古都了。上海的雜亂的情形，若說是一個Busy port，那麼蘇州只可以說是一個Sleepy town了。總之閶門外的繁華，我未曾見到，專就我於這葑門裏一隅的狀況看來，我覺得蘇州城，竟還是一個浪漫的古都，街上的石塊，和人家的建築，處處的環橋河水和狹小的街衢，沒有一件不在那裏誇示過去的中國民族的悠悠的態度。這一種美，若硬要用近代語來表現的時候，我想沒有比「頹廢美」的三字更適當的了。況且那時候天上又飛滿了灰黑的濕雲，秋雨又在微微的落下。

施君幸而還沒有出去，我們一到他住的地方，他就迎了出來，沈君為我們介紹的時候，施君就慢慢的說：

「原來就是郁君麼？難得難得，你做的那篇……，我已經拜讀了，失意人誰能不同聲一哭！」

原來施君是我們的同鄉，我被他說得有些羞愧了，想把話頭轉一個方向，所以就問他說：

「施君，你沒有事麼？我們一同去吃飯吧。」

實際上我那時候，肚裏也覺得非常饑餓了。

嚴衙前附近，都是鐘鳴鼎食之家，所以找不出一家菜館來。沒有辦法，我們只好進一家名錦帆榭的茶館，托茶博士去為我們弄些酒菜來吃。因為那時候微雨未止，我們的肚裏卻響得厲害，想想餓著肚在微雨裏奔跑，也不值得，所以就進了那家茶館——一則也因為這家茶館的名字不俗——打算坐它一二個鐘頭，再作第二步計畫。

古語說得好，「有志者事竟成！」我們在錦帆榭的清淡的中廳桌上，喝喝酒，說說閒話，一天微雨，竟被我們的意志力，催阻住了。

初到一個名勝的地方，誰也同小孩子一樣，不願意悠悠的坐著的，我一見雨止，就促施君沈君，一同出了茶館，打算上各處去逛去。從清冷修整狹小的臥龍街一直跑將下去，拐了一個彎，又走了幾步，覺得街上的人和兩旁的店，漸漸兒的多起來，繁盛起來，蘇州城裏最多的賣古書、舊貨的店鋪，一家一家的少了下去，賣近代的商品的店家，逐漸惹起我的注意來了，施君說：

「玄妙觀就要到了，這就是觀前街。」

到了玄妙觀內，把四面的情形一看，我覺得玄妙觀今日的繁華，與我空想中的境狀大異。講熱鬧趕不上上海午前的小菜場，講怪異遠不及上海城內的城隍廟，走盡了玄妙觀的前後，在我腦裏深深印入的印象，只有二個，一個是三五個女青年在觀前街的一家簫琴鋪裏買簫，我站到她們身邊去對她們呆看了許久，她們也回了我幾眼。一個玄妙觀門口的一家書館裏，有一位很年輕的學生在那裏買我和我朋友共編的雜誌。除這兩個深刻的印象外，我只覺得玄妙觀裏的許多茶館，是蘇州人的風雅的趣味的表現。

早晨一早起來，就跑上茶館去。在那裏有天天遇見的熟臉。對於這些熟臉，有妻子的人，覺得比妻子還親而不狎，沒有妻子的人，當然可把茶館當作家庭，把這些同類當作兄弟了。大熱的時候，坐在茶館裏，身上發出來的一陣陣的汗水，可以以口中咽下去的一口口的茶去塡補。茶館內雖則不通空氣，但也沒有火熱的太陽，並且張三李四的家庭內幕和東洋中國的國際閒談，都可以消去逼人的盛暑。天冷的時候，坐在茶館裏，第一個好處，就是現成的熱茶。除茶喝多了，小便的時候要起冷痙之外，吞下幾碗剛滾的熱茶到肚裏，一時卻能消渴消寒。貧苦一點的人，更可以藉此熬饑。若茶館主人開通一點，請幾位奇形怪狀的說書者來說書，風雅的茶客的興趣，當然更要增加。

有幾家茶館裏有幾個茶客，聽說從十幾歲的時候坐起，坐到五六十歲死時候止，坐的老是同一個座位，天天上茶館來一分也不遲，一分也不早，老是在同一個時間。非但如此，有幾個人，他自家死的時候，還要把這一個座位寫在遺囑裏，要他的兒子天天去坐他那一個遺座。近來百貨店的組織法應用到茶業上，茶館的前頭，除香氣烹人的「火燒」「鍋貼」「包子」「烤山芋」之外，並且有酒有菜，足可使茶客一天不出外而不感得什麼缺憾。像上海的青蓮閣，非但飲食俱全，並且人肉也在賤賣，中國的這樣文明的茶館，我想該是二十世紀的世界之光了。所以盲目的外國人，你們若要來調查中國的事情，你們只須上茶館去調查就是，你們要想來管理中國，也須先去徵得各茶館裏的茶客的同意，因爲中國的國會所代表的，是中國人的劣根性無恥與貪婪，這些茶客所代表的倒是真真的民意哩！

## 五

出了玄妙觀，我們又走了許多路，去逛遂園，遂園在蘇州，同我在上海一樣，有許多人還不曉得它的存在。從很狹很小的一個坍敗的門口，曲曲折折走盡了幾條小弄，我們才到了遂園的中心。蘇州的建築，以我這半日的經驗講來，進門的地方，都是狹窄蕪廢，走過幾條曲巷，才有軒敞華麗的屋宇。我不知這一種方式，還是法國大革命前的民家一樣，爲避稅而想出來的呢？還是爲喚醒觀者的觀聽起見，用修辭學上的欲揚先抑的筆法，使能得著一個對稱的效力而想出來的？

遂園是一個中國式的庭園，有假山有池水有亭閣，有小橋也有幾枝樹木。不過各處的坍敗的形跡和水上開殘的荷花荷葉，同暗澹的天氣合作一起，使我感到了一種秋意，使我看出了中國的將來和我自家的凋零的結果。啊！遂園呀遂園，我愛你這一種頹唐的情調！

在荷花池上的一個亭子裏，喝了一碗茶，走出來的時候，我們在正廳上卻遇著了許多穿輕綢繡緞的紳士淑女，靜靜的坐在那裏喝茶咬瓜子，等說書者的到來。我在前面說過的中國人的悠悠的態度，和中國的亡國的悲壯美，在此地也能看得出來。啊啊，可憐我爲人在客，否則我也挨到那些皮膚嫩白的太太小姐們的邊上去靜坐了。

出了遂園，我們因爲時間不早，就勸施君回寓。我與沈君在狹長的街上飄流了一會，就決定到虎丘去。

（此稿執筆者因病中止）

## 海上通信

晚秋的太陽，只留下一道金光，浮映在煙霧空蒙的西方海角。本來是黃色的海面被這夕照一烘，更加紅豔得可憐了。從船尾望去，遠遠只見一排陸地的平岸，參差隱約的在那裏對我點頭。這一條陸地岸線之上，排列著許多一二寸長的桅檣細影，絕似畫中的遠草，依依有惜別的餘情。

海上起了微波，一層一層的細浪，受了殘陽的返照，一時光輝起來，颯颯的涼意，逼入人的心脾。清淡的天空，好像是離人的淚眼，周圍邊上，只帶著一道紅圈。是薄寒淺冷的時候，是泣別傷離的日暮。揚子江頭，數聲風笛，我又上了這天涯飄泊的輪船。

以我的性情而論，在這樣的時候，正好陶醉在惜別的悲哀裏，滿滿的享受一場感傷的甜味。否則也應該自家製造一種可憐的情調，使我自家感得自家的風塵僕僕，一事無成。若上舉兩事都辦不到的時候，至少也應該看看海上的落日，享受享受那偉大的自然的煙景。但是這三種情懷，我一種也釀造不成，呆呆的立在齷齪雜亂的海輪中層的艙口，我的心裏，只充滿了一種憤恨，覺得坐也不是，立也不是，硬要想拿一把快刀，殺死幾個人，才肯甘休。這憤恨的原因是在什麼地方呢？一是因爲上船的時候，海關上的一個下流的外國人，定要把我的書籍打開來檢查，檢查之後，並且想把我所崇拜的列寧的一冊著作拿去。二是因爲新開河口的一家賣票房，收了我頭等艙的船錢，騙我入了二等的艙位。

啊啊，掠奪欺騙，原是人的本性，若能達觀，也不合有這一番氣憤，但是我的度量卻狹小得同耶穌教的上帝一樣，若受著不平，總不能忍氣吞聲的過去。我的女人曾對我說過幾次，說這是我的致命傷，但是無論如何，我總改不過這個惡習慣來。

輪船愈行愈遠了，兩岸的風景，一步一步的荒涼起來了，天色也垂暮了，我的怨憤，卻終於漸漸的平了下去。

沫若呀，仿吾成均呀，我老實對你們說，自從你們下船上岸之後，我一直到了現在，方想起你們三人的孤淒的影子來。啊啊，我們本來是反逆時代而生者，吃苦原是前生注定的。我此番北行，你們不要以爲我是爲尋快樂而去，我的前途風波正多得很哩！

天色暗下來了，我想起了家中在樓頭凝望著我的女人，我想起了乳母懷中在那裏伊吾學語的孩子，我更想起了幾位比我們還更苦的朋友；啊啊，大海的波濤，你若能這樣的把我吞咽了下去，倒好省卻我的一番苦惱。我願意化成一堆春雪，躺在五月的陽光裏，我願意代替了落花，陷入汙泥深處去，我願意背負了天下青年男女的肺癆惡疾，就在此處消滅了我的殘生。

啊啊！這些感傷的詠嘆，只能博得惡魔的一臉微笑，幾個在資本家跟前俯伏的文人，或者將要拿了我這篇文字，去佐他們的淫樂的金樽，我不說了，我不再寫了，我等那一點西方海上的紅雲消盡的時候，且上艙裏去喝一杯白蘭地吧，這是日本人所說的Yakezake！

（十月五日七時書）

昨天晚上因為多喝了一杯白蘭地，並且因為前夜在F．E．飯店裏的一夜疲勞，還沒有回復，所以一到床上就睡著了。我夢見了一個十五六的少女和我同艙，我硬要求她和我親嘴的時候，她回覆我說：

「你若要寶石，我可以給你Rajah's diamond，①

你若要王冠，我可以給你世上最大的國家，

但是這緋紅的嘴唇，這未開的薔薇花瓣，

我要保留著等世上最美的人來！」

我用了武力，捉住了她，結果竟做了一個「風月寶鑑」裏的迷夢，所以今天頭昏得很，什麼也想不出來。但是與海天相對，終覺得無聊，我把佐藤春夫的一篇小說《被剪的花兒》讀了。

在日本現代的小說家中，我所最崇拜的是佐藤春夫。他的小說，周作人氏也曾譯過幾篇，但那幾篇並不是他的最大的傑作。他的作品中的第一篇，當然要推他的出世作《病了的薔薇》，即《田園的憂鬱》了。其他如《指紋》，《李太白》等，都是優美無比的作品。最近發表的小說集《太孤寂了》，我還不曾讀過。依我看來，這一篇《被剪的花兒》也可說是他近來的最大的收穫。書中描寫主人公失戀的地方，真是無微不至，我每想學到他的地步，但是終於畫虎不成。他在日本現代的作家中，並不十分流行。但是讀者中間的一小部分，卻是對他抱著十二分的好意的。

有一次何畏對我說：

「達夫！你在中國的地位，同佐藤在日本的地位一樣。但是日本人能瞭解佐藤的清潔高傲，中國人卻不能瞭解你，所以你想以作家立身是辦不到的。」

慚愧慚愧！我何敢望佐藤春夫的肩背！但是在目下的中國，想以作家立身，非但乾枯的我沒有希望，即使Victor Hugo, Charles Dickens, Gerhart Hautpmann②等來，也是無望的。

沫若！仿吾！我們都是笨人，我們棄去了康莊的大道不走，偏偏要尋到這一條荊棘叢生的死路上來。我們即使在半路上氣絕身死，也同野狗的斃於道旁一樣，卻是我們自家尋得的苦惱，誰也不能來和我們表同情，誰也不能來收拾我們的遺骨的。啊啊！又成了牢騷了，「這是中國文人最醜的惡習，非絕滅它不可的地方」，我且收住不說了吧！

單調的海和天，單調的船和我，今日使我的精神萎縮得不堪。十二時中，足破這單調的現象，只有晚來海中的落日之景，我且擱住了筆，去看The Glorious Sun-Setting③吧！

（十月六日日暮的時候）

這一次的航海，真奇怪得很，一點兒風浪也沒有，現在船已到了煙臺了。煙臺港同長崎門司那些港埠一些兒也沒有分別，可惜我沒有金錢和時間的餘裕，否則上岸去住他一二星期，享受一番異鄉的情調，倒也很有趣味。煙臺的結晶處是東首臨海的煙臺山。在這座山上，有領事館，有燈檯，有別莊，正同長崎市外的那所檢疫所的地點一樣。沫若，你不是在去年的夏天有一首在檢疫所作的詩麼？我現在坐在船上，遙遙的望著這煙臺的一帶山市，也起了拿破崙在孀來娜島上之感，啊啊，飄流人所見大抵略同，——我們不是英雄，我們且說飄流人吧！

山東是產苦力的地方，煙臺是苦力的出口處。船一停錨，搶上來的兇猛的搭客，和售物的強人，真把我駭死，我足足在艙裏躲了三個鐘頭，不敢出來。

到了日暮，船將起錨的時候，那些售物者方散退回去，我也出了艙，上船舷上來看落日。在海船裏，除非有衣擺奈此的小說《默示錄的四騎士》中所描寫的那種同船者的戀愛追逐之外，另外實沒有一件可以慰遣寂寥的事情，所以我這一次的通信裏所寫的也只是落日，Sun setting, Abend Roete,etc.,etc.④，請你們不要笑我的重複！

我剛才說過，煙臺港和長崎門司一樣，是一條狹長的港市，環市的三面，都是淺淡的連山。東面是煙臺山，一直西去，當太陽落下去的那一支山脈，不知道是什麼名字？但是我想這一支山若要命名，要比「夕陽」「落照」等更好的名字，怕沒有了。

一帶連山，本來有近遠深淺的痕跡可以看得出來的，現在當這落照的中間，都只染成了淡紫。市上的炊煙，也蒙蒙的起了，便使我想起故鄉城市的日暮的景色來，因為我的故鄉，也是依山帶水，與這煙臺市不相上下的呀！

日光沒了，天上的紅雲也淡了下去。一陣涼風吹來，忽使人起了一種莫名其妙的哀感。我站在船舷上，看看煙臺市中一點兩點漸漸增加起來的燈火，看看甲板上幾個落了伍急急忙忙趕回家去的賣物的土人，忽而索落索落的滴下了兩粒眼淚來。我記得我女人有一次說，小孩子到了日暮，總要哭著尋他的娘抱，因爲怕晚上沒有睡覺的地方。這時候我的心裏，大約也被這一種Nostalgia籠罩住了吧，否則何以會這樣的落寞！這樣的傷感！這樣的悲愁無著處呢！

這船今晚上是要離開煙臺上天津去的，以後是在渤海裏行路了。明天晚上可到天津。我這通信，打算一上天津就去投郵。願你與婀娜和小孩全好，仿吾也好，成均也好，願你們的精神能夠振刷；啊啊，這樣在勉勵你們的我自家，精神正頹喪得很呀！我還要說什麼！我還有說話的資格麼！

（十月七日晚八時煙臺艙中）

不知在什麼時候，我記得你曾說過，沫若，你說：「我們的拿起筆來要寫，大約是已經成了習慣了，無論如何，我此後總不能絕對的廢除筆墨的。」這一種馮婦之習，不但是你免不了，怕我也一樣的吧。現在精神定了一定，我又想寫了。

昨天船離了煙臺，即起大風，船中的一班苦力，個個頭上都淋成五色。這是什麼理由呢？因爲他們都是連綿席地而臥，所以你枕我的頭，我枕你的腳。一人吐了，二人就吐，三人四人，傳染過去。鋌而走險，急不能擇，他們要吐的時候就不問是人頭人足，如長江大河的直瀉下來。起初吐的是雜物，後來吐黃水，最後就赤化了。我在這一個大吐場裏，心裏雖則難受，但卻沒有效他們的韃，大約是曾經滄海的結果，也許是我已經把心肝嘔盡，沒有吐的材料了。

今天的落日，是在七十二沽的蘆草上看的。幾堆泥屋，一灘野草，野草裏的雞犬，泥屋前的穿紅布衣服的女孩，便是今日的落照裏的風景。

船靠岸的時候，已經是夜半了。二哥哥在埠頭等我。半年不見，在青白的瓦斯光裏他說我又瘦了許多。非關病酒，不是悲秋，我的瘦，卻是杜甫之瘦，儒冠之害呀！

從清冷的長街上，在灰暗凉冷的空氣裏，把身體搬上這家旅店裏之後，哥哥才把新總統明晚晉京的話，告訴我聽。好一個魏武之子孫，幾年來的大願總算成就了，但是，但是只可憐了我們小百姓，有苦說不出來。聽說上海又將打電報，抬菩薩，祭旗拜斗的大耍猴子戲。我希望那些有主張的大人先生，要幹快幹，不要虛張聲勢的說：「來來來！幹幹幹！」因為調子唱得高的時候，胡琴有脫板的危險。中國的沒有真正革命起來的原因，大約是受的「發明電報者」之害喲！

幾天不看報，倒覺得清淨得很。明天一到北京，怕又不得不目睹那些中國特有的承平新氣象，我生在這樣的一個太平時節，心裏實在是怕看這些黃帝之子孫的文明制度了。

夜也深了，老車站的火車輪聲，也漸漸的聽不見了，這一間奇形怪狀的旅舍裏，也只充滿了鼾聲。窗外沒月亮，冷空氣一陣一陣的來包圍我赤裸裸的雙腳。我雖則到了天津，心裏依然是猶豫不定：

「究竟還是上北京去作流氓去呢，還是到故鄉家裏去作隱士？」

「名義上自然是隱士好聽，實際上終究是飄流有趣。等我來問一個諸葛神卦，再決定此後的行止吧！

敕敕敕，弟子郁，……

……

……

（十月八日夜三時書於天津的旅館內）

注釋

①拉甲的鑽石。拉甲係印度貴族、酋長等統稱。

②分別為維克托·雨果、查理斯·狄更斯、戈哈特·霍普曼。

③意為「光榮的落日」。

④意為「落日，阿本德·羅蒂，等等」。

## 零餘者

「Arm am Beutel, krank am Herzen,
Schleppe ich meine langen Tage,
Armut ist die groesste Plage,
Reichtum ist das hoechste Gut.」

不曉在什麼時候什麼地方看見過的這幾句詩，輕輕的在口頭念著，我兩腳合了微吟的拍子，又慢慢的在一條城外的大道上走了。

袋裏無錢，心頭多恨。
這樣無聊的日子，教我捱到何時始盡。
啊啊，貧苦是最大的災星，
富裕是最上的幸運。

詩的意思，大約不外乎此，實際上人生的一切，我想也盡於此了。「不過令人愁悶的貧苦，何以與我這樣的有緣？使人生快樂的富裕，何以總與我絕對的不來接近？」我眼睛呆呆的注視著前面空處，兩腳一步一步踏上前去，一面口中雖在微吟，一面於無意中又在作這些牢騷的想頭。

是日斜的午後，殘冬的日影，大約不久也將收斂光輝了，城外一帶的空氣，彷彿要凝結攏來的樣子。視野中散在那裏的灰色的城牆，冰凍的河道，沙土的空地荒田，和幾叢枯曲的疏樹，都披了淡薄的斜陽，在那裏伴人的孤獨。一直前面大約在半里多路前的幾個行人，因爲他們和我中間距離太遠了，在我腦裏竟不發生什麼影響。我覺得他們的幾個肉體，和散在道旁的幾家泥屋及左面遠立著的教會堂，都是一類的東西，散漫零亂，中間沒有半點聯絡，也沒有半點生氣，當然更沒有一些兒的情感了。

「唉嘿，我也不知在這裏幹什麼？」

微吟倦了，我不知不覺便輕輕的長嘆了一聲。慢慢的走去，腦裏的思想，只往昏黑的方面進行；我的頭愈俯愈下了。

——實在我的衰退之期，來得太早了。……像這樣一個人在郊外獨步的時候，若我的身子忽而能同一堆春雪遇著熱湯似的消化得乾乾淨淨，豈不很好麼？……回想起來，又覺得我過去二十餘年的生涯是很長的樣子……我什麼事情沒有做過？……兒子也生了，女人也有了，書也念了，考也考過好幾次了，哭也哭過，笑也笑過，嫖賭吃著，心裏發怒，受人欺辱，種種事情，種種行爲，我都經驗過了，我還有什麼事情沒有做過？……等一等，讓我再想一想看，究竟有沒有什麼沒有經驗過的事情了，……自家死還沒有死過；啊，還有還有，我高聲罵人的事情還不曾有過，譬如氣得不得了的時候，放大了喉嚨，把敵人大罵一場的事情。就是復仇復了的時候的快感，我還沒有感得過。……啊啊！還有還有，監牢還不曾坐過，……唉，但是假使這些事情，都被我經驗過了，也有什麼？結果還不是一個空麼？……嘿嘿，嗯嗯。——到了這裏，我的思想的連續又斷了。

袋裏無錢，心頭多恨。
這樣無聊的日子，教我捱到何時始盡。
啊啊，貧苦是最大的災星，
富裕是最上的幸運。

微微的重新念著前詩，我抬起頭來一看，覺得太陽好像往西邊又落了一段，倒在右手路上的自己的影子，更長起來了。從後面來的幾乘人力車，也慢慢的趕過了我。一邊讓他們的路，一邊我聽取了坐車的人和車夫在那裏談話的幾句斷片。他們的話題，好像是關於女人的事情。啊啊，可羨的你們這幾個虛無主義者，你們大約是上前邊黃土坑去買快樂去的吧，我見了你們，倒恨起我自家沒有以前的生趣來了。

一邊想一邊往西北的走去，不知不覺已走到了京綏鐵路的路線上。從此偏東北的再進幾步，經過了白房子的地獄，便可順了通萬牲園的大道進西直門去的。蒼涼的暮色，從我的灰黃的周圍逼近攏來，那傾斜的赤日，也一步一步的低垂下去了。大好的夕陽，留不多時，我自家以爲在冥想裏沉沒得不久，而四邊的急景，卻告訴我黃昏將至了。在這荒野裏的物體的影子，漸漸的散漫了起來。不知從何處吹來的微風，也有些急促的樣子，帶著一種慘傷的寒意。後面踱踱踱踱的又來了一乘空的運貨馬車，一個披著光面皮裏子的車夫，默默的斜坐在前頭車板上吃煙，我忽而感覺得天寒歲暮，好像一個人飄泊在俄國的鄉下。

馬車去遠了，白房子的門外，有幾乘黑舊的人力車停在那裏。車夫大約坐在踏腳板上休息，所以看不出他們的影子來。我避過了白房子的地獄，從一塊高墈上的地裏，打算走上通西直門的大道上去。從這高處向四邊一望，見了凋喪零亂排列在灰色幕上的野景，更使我感得了一種日暮的悲哀。

——唉唉，人生實在不知究竟是什麼一回事?歌歌哭哭，死死生生，……世界社會，兄弟朋友，妻子父母，還有戀愛，啊呀，戀愛，戀愛，戀愛，……還有金錢，……啊啊……

Armut ist die groesste Plage,
Reichtum ist das hoechste Gut.①

好詩好詩！

The curfew tolls the knell of parting day,
The lowing herd winds slowly O'er the lea,
The ploughman homeward plods his weary way,
And leaves the world to darkness and to me.②

好詩好詩！

And leaves the world to darkness and to me.

我的錯雜的思想，又這樣的瀰散開來了。天空高處，寒風嗚嗚的響了幾下，我俯倒了頭，盡往東北的走去，天就快黑了。

遠遠的城外河邊，有幾點燈火，看得出來，大約紫藍的天空裏，也有幾點疏星放起光來了吧？大道上斷續的有幾乘空馬車來往，車輪的踱踱踱踱的聲音，好像是空虛的人生的反響，在灰暗寂寞的空氣中散了。我遵了大道，以幾點燈火作了目標，將走近西直門的時候，模糊隱約的我的腦裏，忽而起了一個霹靂。到這時候止，常在腦裏起伏的那些毫無系統的思想，都集中在一個中心點上，成了一個霹靂，顯現了出來。

「我是一個真正的零餘者！」

這就是霹靂的核心，另外的許多思想，不過是些附屬在這霹靂上的枝節而已。這樣的忽而發見了思想的中心點，以後我就用了科學的方法推了下去：

——我的確是一個零餘者，所以對於社會人世是完全沒有用的。a superfluous man! a useless man! Superfluous! Superfluous③……證據呢？這是很容易證明的……——

這時候，我的兩隻腳已經在西直門內的大街上運轉。四邊來往的人類，究竟比城外混雜得多。天也已經昏黑，道旁的幾家破店和小攤，都點上燈了。

——第一……我且從遠處說起吧……第一，我對於世界是完全沒有用的。……我這樣生在這裏，世界和世界上的人類，也不能受一點益處；反之，我死了，世界社會，也沒有一些兒損害，這是千真萬真的。……第二，且說中國吧！對於這樣混亂的中國，我竟不能製造一個炸彈，殺死一個壞人。中國生我養我，有什麼用處呢？……再縮小一點，嗳，再縮小一點，第三，第三且說家庭吧！啊，對於我的家庭，我卻是個少不得的人了。在外國念書的時候，已故的祖母聽見說我有病，就要哭得兩眼紅腫。就是半男性的母親，當我有一次醉死在朋友家裏的時候，也急得大哭起來。此外我的女人，我的小孩，當然是少我不得的！哈哈，還好還好，我還是個有用之人。——

想到了這裏，我的思想上又起了一個衝突。前刻發現的那個思想上的霹靂，幾乎可以取消的樣子，但遲疑了一會，我終究解決不了這個問題的矛盾性。抬起頭來一看，我才知道我的身體已被我搬在一條比較熱鬧的長街上行動。街路兩旁的燈火很多，來往的車輛也不少，人聲也很嘈雜，已經是真正的黃昏時候了。

——像這樣的時候，若我的女人在北京，大約我總不會到市上來飄蕩的吧！在燈火底下，抱了自家的兒子，一邊吻吻他的小嘴，一邊和來往廚下忙碌的她問答幾句，踱來踱去，踱去踱來，多少快樂啊！啊啊，我對於我的女人，還是一個有用之人哩！不錯不錯，前一個疑問，還沒有解決，我究竟還是一個有用之人麼？——

這時候，我意識裏的一切周圍的印象，又消失了。我還是伏倒了頭，慢慢的在解決我的疑問：

——家庭，家庭，……第三，家庭，……讓我看，哦，啊，我對於家庭還是一個完全無用之人！……絲毫沒有功利主義的存心，完全沉溺於的盲目之愛的我的祖母，已經死了。母親呢？……啊啊，我讀書學術，到了現在，還不能做出一點轟轟烈烈的事業來，就是這幾塊錢……——

我那時候兩隻手卻插在大氅的袋內，想到了這裏，兩隻手自然而然的向袋裏散放著的幾張鈔票捏了一捏。

——啊啊，就是這幾塊錢，還是昨天從母親那裏寄出來的，我對於母親有什麼用處呢？我對於家庭有什麼用處呢？我的女人，我不去娶她，總有人會去娶她的；我的小孩，我不生他，也有人會生他的，我完全是一個無用之人呀，我依舊是一個無用之人呀！——

急轉直下的想到了這裏，我的胸前忽覺得有一塊鐵板壓著似的難過得很。我想放大了喉嚨，啊的大叫它一聲，但是把嘴張了好幾次，喉頭終放不出音來。沒有方法，我只能放大了腳步，向前同跑也似的急進了幾步。這樣的不知走了幾分鐘，我看見一乘人力車跑上前來兜我的買賣。我不問皂白，跨上了車就坐定了。車夫問我上什麼地方去，我用手向前指指，喉嚨只是和被熱鐵封鎖住的一樣，一句話也講不出來。人力車向前面跑去，我只見許多燈火人類，和許多不能類列的物體，在我的兩旁旋轉。

「前進！前進！像這樣的前進吧！不要休止，不要停下來！」

我心裏一邊在這樣的希望，一邊卻在恨車夫跑得太慢。

注釋

①德文：啊啊，貧苦是最大的災星，富裕是最上的幸運。

②英文：禁宵令敲響離別日的鐘聲，/嗚咽的牧群在草地上緩緩走動，/莊稼人疲憊地走在回家路上，/把這世界留給黑暗和我。

③意為多餘的人！無用的人！多餘！多餘……

# 北國的微音

北國的寒宵，實在是沉悶得很，尤其是像我這樣的不眠症者，更覺得春夜之長。似水的流年，過去真快，自從海船上別後，匆匆又換了年頭。以歲月計算，雖則不過隔了五個足月，然而回想起來，我同你們在上海的歷史，好像是隔世的生涯，去今已有幾百年的樣子。河畔冰開，江南草長，蟲魚鳥獸，各有陽春發動之心，而自稱為動物中之靈長，自信為人類中的有思想者的我，依舊是奄奄待斃，沒有方法消度今天，更沒有雄心歡迎來日。

幾日前頭，有一位日本的新聞記者，來訪我的貧居。他問我「為什麼要消沉到這個地步？」我問他「你何以不消沉，要從東城跑許多路特來訪我？」他說「是為了職務。」我又問他「你的職務，是對誰的？」他說「我的職務，是對國家，對社會的。」我說「那麼你就應該知道我的消沉也是對國家，對社會的。現在世上的國家是什麼？社會是什麼？尤其是我們中國？」

他的來訪的目的，本來是為問我對於日本對華文化事業的意見如何，中國將來的教育方針如何的，——他之所以來訪者，一則因為我在某校裏教書，二則因為我在日本住過十多年，或者對於某種事項，略有心得的緣故——後來聽了我這一段詭辯，他也把職務丟開，談了許多無關緊要的閒話走了。他走之後，我一個人銜了紙煙想想，覺得人類社會的許多事情，畢竟是庸人自擾。什麼國富兵強，什麼和平共樂，都是一班野獸，於飽食之餘，在暖夢裏織出來的回文錦字。像我這樣的生性，在我這樣的境遇下的閒人，更有什麼可想，什麼可做呢？

寫到這裏，我又想起T君批評我的話來了，他說「某書的作者，嘲世罵俗，卻落得一個牢騷派的美名。」實在我想T君的話，一點兒也不錯。人若把我們的那些淺薄無聊的「徒然草」合在一處，加上一個牢騷派的名目，思欲抹殺而厭鄙之，倒反便宜了我們。因爲我們的那些東西，本來是同身上的積垢，口中的吐氣一樣，不期然而然的發生表現出來的，哪裏配稱作牢騷，更哪裏配稱作派呢？

我讀到《歧路》，沫若，覺得你對於自家的藝術的虛視——這虛視兩字，我也不知道妥當不妥當，或者用懷疑兩字比較得的切吧——也和我一樣。不錯不錯，我這封信，是從友人宴會席上回來，讀了《歧路》之後，拿起筆來寫的。我寫這一封信的動機，原是想和你們談談我對於《歧路》的感想的呀！

沫若！我覺得人生一切都是虛幻，真真實在的，只有你說的「淒切的孤單」，倒是我們人類從生到死味覺得到的唯一的一道實味。就是京滬報章上，爲了金錢或者想建築自家的名譽的緣故，在那裏含了敵意，做文章攻擊你的人，我仔細替他們一想，覺得他們也在感著這淒切的孤獨。唯其感到孤獨，所以他們只好做些文章來賣一點金錢，或者竟犧牲了你來博一點小小的名譽，畢竟他們還是人，還是我們的同類，這「孤單」的感覺，終究是逃不了的，所以他們的文章裏最含惡意，攻擊你最甚的處所，便是他們的孤獨感表現得最切的地方。

名利的爭奪，欲犧牲他人而建立自己的噁心，——簡單點說，就說生存競爭吧——依我看來，都是由這「孤單」的感覺催發出來的。人生的實際，既不外乎這「孤單」的感覺，那麼表現人生的藝術，當然也不外乎此，因此我近來對於藝術的意見和評價，都和從前不同了。我覺得藝術並沒有十分可以推崇的地方，她和人生的一切，也沒有什麼特異有區別的地方。努力於藝術，獻身於藝術，也不須有特別的表現。牢牢捉住了這「孤單」的感覺，細細地玩味，由他寫成詩歌小說也好，製成音樂美術品也好，或者竟不寫在紙上，不畫在布上壁上，不雕在白石上，不奏在樂器上，什麼也不表現出來，只教他能夠細細的玩味這「孤單」的感覺，便是絕好的「創造」。

仿吾！這一段無聊的廢話，你看對不對？我在寫這封信之先，剛從一位朋友處的宴會回來，席上遇見了許多在日本和你同科的自然科學家。他們都已經成了富者，現在是資本家了。我夾在這些衣狐裘者的老同學中間，當然覺得十分的孤獨，然而看看他們挾了皮篋，奔走不寧的行動，好像他們也有些在覺得人生的孤寂的樣子。我前邊不是說過了麼？唯其感到孤寂，所以要席不遑暖的去追求名利。然而究竟我不是他們，所以我這主觀的推測，也許是錯了的。

我現在因爲抱有這一種感想，所以什麼東西也寫不下來，什麼東西也不願意拿來閱讀。有時候要想玩味這「淒切的孤單」，在日斜的午後，老跑出城外去獨步。這裏城外多是黃沙的田野，有幾處也有清溪斷壁，絕似日本郊外未開闢之先的代代木新宿等處。不過這裏一堆一堆的黃土小塚，和有錢的人家的白楊松樹的墳塋很多，感覗少微與日本不同一點。今晚在宴會的席上，在許多鴻儒談笑的中間，我胸中的感覺，同在這樣的白楊衰草的墳地裏漫步時一樣。不過有一點我覺得比從前進步了；從前我和境遇比我美滿的朋友——實際上除你們幾個人之外，哪一個境遇比我不美滿？——相處，老要起一種感傷，有時竟會滴下淚來。現在非但眼淚不會滴下來，並且也能如他們一樣的舉起箸來取菜，提起杯來喝酒。不過從前的那一種喜歡談話的衝動，現在沒有了。他們入座，我也就坐，他們吃菜，我也吃菜。勸我喝酒，我就喝，乾杯就乾杯。席散了，我就回來。雇車雇不著，就慢慢的在黃昏的街道上走。同席者的汽車馬車，從我身邊過去的時候，他們從車中和我點頭，我也回點一頭。他們不點頭，我也讓他們的車子過去，橫豎是在後頭跟走幾步，他們的車子就可以老遠的上我前頭去的，所以無避入叉路上去的必要。

還有一點和從前不同的地方，就是我默默的坐在那裏，他們來要求我猜拳的時候，我總笑笑，搖搖頭，舉起杯來喝一杯酒，教他們去要求坐在我下面的一個人猜。近來喝酒也喝不大醉，醉了也不過默默的走回家來坐坐，吸吸煙，倒點茶喝喝。

今晚的宴會，散得很早，我回家來吸吸煙喝喝茶，覺得還睡不著，所以又拿出了週報的《歧路》來看。沫若！大衛生的詩，實在是做得不壞，不過你的幾行詩，我也很喜歡念。你的小孩的那個兩腳沒有的洋囡，我說還是包包好，寄到日本去吧！回頭他們去買一個新的時候，怕又要破費幾角錢哩。

昨天一個朋友來說他讀到《歧路》，真的眼淚出了。我勸他小心些，這句話不要說出來教人家聽見，恐怕有人要說他的眼淚不值錢。他說近來他也感染了一種感傷病，不曉得怎麼的，感情好像回返小孩子時代去了。說到這裏，他忽而眼圈又紅了起來，叫了我一聲：「達夫！我……我可惜沒有錢……」我也對他呆看了半晌，後來他一句話也不說，立起身來就走，我也默默的送他出門去了。（這樣的朋友，上我這裏來的很多。他們近來知道了我的脾氣，來的時候，藝術也不談了，我的幾篇無聊的作品和週報季刊的事情也不提起了。有幾次我們真有主客兩人相對，默默而過半點鐘的時候。像這樣的Pause的中間，我覺得我的精神上最感得滿足。因為有客人在前頭，我一時可以不被那一種獨坐時常想出來的無聊的空虛思想所侵蝕，而一邊這來客又不在言語，我的聽取對話和預備回答的那些麻煩注意可以省去。）

不過，沫若！我說你那一篇《歧路》寫得很可惜，你若不寫出來，你至少可以在那一種濃厚的孤獨感裏浸潤好幾天。現在寫出了之後，我怕你的那一種「淒切的孤單」之感，要減少了吧？

仿吾！我說你還是保守著獨身主義，不要想結婚的好！恐怕你若結了婚，一時要失掉你的這孤獨之感。而這孤獨之感，依我說來，便是藝術的酵素，或者竟可以說是藝術的本身。所以你若結了婚，怕一時要與藝術違離。講到這裏，我怕你要反問我「那麼你們呢？你和沫若呢？」是的，我和沫若是一時與藝術離異過的，不過現在我們已經恢復了原來的孤獨罷了。……

嘜！嘜！不知不覺，已經寫到午前三點鐘了。

仿吾！沫若！要想寫的話，是寫不完的，我遲早還是弄幾個車錢到上海來一次吧！大約我在北京打算只住到六月，暑假以後，我怎麼也要設法回浙江去實行我的鄉居的宿願。若在最近的時期中弄不到車錢，不能夠到上海來，那麼我們等六月裏再見吧！

# 小春天氣

## 一

與筆硯疏遠以後，好像是經過了不少時日的樣子。我近來對於時間的觀念，一點兒也沒有了。總之案頭堆著的從南邊來的兩三封問我何以老不寫信的家信，可以作我久疏筆硯的明證。所以從頭計算起來，大約從我發表的最後的一篇整個兒的文字到現在，總已有一年以上，而自我的右手五指，拋離紙筆以來，至少也得有兩三個月的光景。以天地之悠悠，而來較量這一年或三個月的時間，大約總不過似駱駝身上的半截毫毛；但是就先天不足，後天虧損——這是我們中國醫生常說的話，我這樣的用在這裏，請大家不要笑我——的我說來，渺焉一身，寄住在這北風涼冷的皇城人海中間，受盡了種種欺凌侮辱，竟能安然無事的經過這麼長的一段時間，卻是一種摩西以後的最大奇蹟。

回想起來這一年的歲月，實在是悠長的很呀！綿綿鐘鼓初長的秋夜，我當眾人睡盡的中宵，一個人在六尺方的臥房裏踏來踏去，想想我的女人，想想我的朋友，想想我的暗淡的前途，曾經熏燒了多少支的短長煙卷？睡不著的時候，我一個人拿了蠟燭，幽腳幽手的跑上廚房去燒些風雞糟鴨來下酒的事情，也不止三次五次。而由現在回顧當時，那時候初到北京後的這種不安焦躁的神情，卻只似兒時的一場惡夢，相去好像已經有十幾年的樣子，你說這一年的歲月對我是長也不長？

這分外的覺得歲月悠長的事情，不僅是意識上的問題，實際上這一年來我的肉體精神兩方面，都印上了這人家以爲很短而在我卻是很長的時間的烙印。去年十月在黃浦江頭送我上船的幾位可憐的朋友，若在今年此刻，和我相遇於途中，大約他們看見了我，總只是輕輕的送我一瞥，必定會仍復不改常態地向前走去。（雖則我的心裏在私心默禱，使我遇見了他們，不要也不認識他們！）

這一年的中間，我的衰老的氣象，實在是太急速的侵襲到了，急速的，真真是很急速的。「白髮三千丈」一流的誇張的比喻，我們暫且不去用它，就減之又減的打一個折扣來說吧，我在這一年中間，至少也的的確確的長了十歲年紀。牙齒也掉了，記憶力也消退了，對鏡子剃削鬍髭的早晨，每天都要很驚異地往後看一看，以爲鏡子裏反映出來的，是別一個站在我後面的沒有到四十歲的半老人。腰間的皮帶，盡是一個窟窿一個窟窿的往裏縮，後來現成的孔兒不夠，卻不得不重用鑽子來新開，現在已經開到第二個了。

最使我傷心的，是當人家欺凌我侮辱我的時節，往日很容易起來的那一種憤激之情，現在怎麼也鼓勱不起來。非但如此，當我覺得受了最大的侮辱的時候，不曉從何處來的一種滑稽的感想，老要使我作會心的微笑。不消說年青時候的種種妄想，早已消磨得乾乾淨淨，現在我連自家的女人小孩的生存，和家中老母的健否等問題都想不起來；有時候上街去雇得著車，坐在車上，只想車伕走往向陽的地方去——因爲我現在忽而怕起冷來了——慢一點兒走，好使我飽看些街上來往的行人，和組成現代的大同世界的形形色色。看倦了，走倦了，跑回家來，只想弄一點美味的東西吃吃，並且一邊吃，一邊還要想出如何能夠使這些美味的東西吃下去不會飽脹的方法來，因爲我的牙齒不好，消化不良，美味的東西，老怕不能一天到晚不間斷的吃過去。

## 二

現在我們這裏所享有的，是一年中間最好不過的十月。江北江南，正是小春的時候。況且世界又是大同，東洋車，牛車，馬車上，一閃一閃的在微風裏飄蕩的，都是些除五色旗外的世界各國的旗子。天色蒼蒼，又高又遠，不但我們大家酣歌笑舞的聲音，達不到天聽，就是我們的哀號狂泣，也和耶和華的耳朵，隔著蓬山幾千萬疊。生逢這樣的太平盛世，依理我也應該向長安的落日，遙進一杯祝頌南山的壽酒，但不曉怎麼的，我自昨天以來，明鏡似的心裏，又忽而起了一層翳障。

仰起頭來看看青天，空氣澄清得怖人；各處散射在那裏的陽光，又好像要對我說一句什麼可怕的話，但是因爲愛我憐我的緣故，不敢馬上說出來的樣子。腳底下鋪著掃不盡的落葉，忽而索落索落的響了一聲，待我低下頭來，向發出聲音來的地方望去，又看不出什麼動靜來了，這大約是我們庭後的那一棵槐樹，又擺脫了一葉負擔了罷。正是午前十點鐘的光景，家裏的人都出去了，我因爲孤零丁一個人在屋裏坐不住，所以才踱到院子裏來的，然而在院子裏站了一忽，也覺得沒有什麼意思，昨晚來的那一點小小的憂鬱，仍復籠罩在我的心上。

當半年前，每天只是憂鬱的連續的時候，倒反而有一種餘裕來享樂這一種憂鬱，現在連快樂也享受不了的我的脆弱的身心，忽而沾染了這一層雖則是很淡很淡，但也好像是很深的隱憂，只覺得坐立都是不安。沒有方法：我就把香煙連續地吸了好幾枝。

是神明的攝理呢？還是我的星命的佳會，正在這無可奈何的時候，門鈴兒響了。小朋友G君，背了水彩書具架進來說：

「達夫，我想去郊外寫生，你也同我去郊外走走吧！」

G君年紀不滿二十，是一位很活潑的青年畫家，因為我也很喜歡看畫，所以他老上我這裏來和我講些關於作畫的事情。據他說，「今天天氣太好，坐在家裏，太對大自然不起，還是出去走走的好。」我換了衣服，一邊和他走出門來，一邊告訴門房「中飯不來吃，叫大家不要等我」的時候，心理所感得的喜悅，怎麼也形容不出來。

## 三

本來是沒有一定目的地的我們，到了路上，自然而然地走向西去，出了平則門。陽光不問城裏城外，一例的很豐富的灑在那裏。城門附近的小攤兒上，在那裏攤開花生米的小販，大約是因為他穿著的那件寬大的夾襖的原因罷，覺得也反映著一味秋氣。茶館裏的茶客，和路上來往的行人，在這樣如煦的太陽光裏，面上總脫不了一副貧陋的顏色；我看看這些人的樣子，心裏又有點不舒服起來，所以就叫G君避開城外的大街沿城折往北去。

夏天常來的這城下長堤上，今天來往的大車特別的少。道旁的楊柳，顏色也變了，影子也疏了。城河裏的淺水，依舊映著晴空，返射著日光，實際上和夏天並沒有什麼區別，但我覺得總有一種寂寥的感覺，浮在水面。抬頭看看對岸，遠近一排牛凋的林木，縱橫交錯的列在空中。大地的顏色，也不似夏日的蘢蔥，地上的淺草都已枯盡，帶起淺黃色來了。法國教堂的屋頂，也好像失了勢力似的，在牛凋的樹林中孤立在那裏。與夏天一樣的，只有一排西山連瓦的峰巒。大約是今天空氣格外澄鮮的緣故罷，這排明褐色的屏障，覺得是近得多了，的確比平時近得多了。此外瀰漫在空際的，只有明藍澄潔的空氣，悠久廣大的天空和飽滿的陽光，和暖的陽光。

隔岸堤上，忽而走出了兩個著灰色制服的兵來。他們拖了兩個斜短的影子，默默的在向南的行走。我見了他們，想起了前幾天平則門外的搶劫的事情，所以就對G君說：

「我看這裏太遼闊，取不下景來，我們還是進城去吧！上小館子去吃了午飯再說。」

G君踏來踏去的看了一會，對我笑著說：

「近來不曉怎麼的，有一種莫名其妙的神秘的靈感，常常閃現在我的腦裏。今天是不成了，沒有帶顏料和油畫的傢伙來。」他說著用手向遠處教堂一指，同時又接著說：

「幾時我想畫畫教堂裏的宗教畫看。」

「那好得很啊！」

貓貓虎虎的這樣回答了一句，我就轉換方向，慢慢的走回到城裏來了。落後了幾步，他也背著畫具，慢慢的跟我走來。

## 四

喝了兩斤黃酒，吃得滿滿的一腹。我和G君坐在洋車上，被拉往陶然亭去的時候，太陽已經打斜了。本來是有點醉意，又被午後的陽光一烘，我坐在車上，眼睛覺得漸漸的朦朧了起來。洋車走盡了粉房琉璃街，過了幾處高低不平的新開地，交入南下窪曠野的時候，我向右邊一望，只見幾列鱗鱗的屋瓦，半隱半現的在西邊一帶的疏林裏跳躍。天色依舊是蒼蒼無底，曠野裏的雜糧也已割盡，四面望去，只是洪水似的午後的陽光，和遠遠躺在陽光裏的矮小的壇殿城池。

我張了一張睡眼，向周圍望了一圈，忽笑向G君說：

「秋氣滿天地，胡爲君遠行，這兩句唐詩真有意思，要是今天是你去法國的日子，我在這裏餞你的行，那麼再比這兩句詩適當的句子怕是沒有了，哈哈……」

只喝了半小杯酒，臉上已漲得潮紅的G君也笑著對我說：

「唐詩不是這樣的兩句，你記錯了吧！」

兩人在車上笑說著，洋車已經走入了陶然亭近旁的蘆花叢裏，一片灰白的毫芒，無風也自己在那裏作浪。西邊天際有幾點青山隱隱，好像在那裏笑著對我們點頭。下車的時候，我覺得支持不住了，就對G君說：

「我想上陶然亭去睡一覺，你在這裏畫吧！現在總不過兩點多鐘，我睡醒了再來找你。」

## 五

陶然亭的聽差來搖我醒來的時候；西窗上已經射滿了紅色的殘陽。我洗了手臉，喝了二碗清茶，從東面的台階上下來，看見陶然亭的黑影，已經越過了東邊的道路，遮滿了一大塊道路東面的蘆花水地。往北走去，只見前後左右，盡是茫茫一片的白色蘆花。西北抱冰堂一角，擴張著陰影，西側面的高處，滿掛了夕陽最後的餘光，在那裏催促農民的息作。穿過了香塚鸚鵡塚的土堆的東面，在一條淺水和墓地的中間，我遠遠認出了G君的側面朝著斜陽的影子。

從蘆花鋪滿的野路上將走近G君背後的時候，我忽而氣也吐不出來，向西的瞪目呆住了。這樣偉大的，這樣迷人的落日的遠景，我卻從來沒有看見過。太陽離山，大約不過盈尺的光景，點點的遙山，淡得比初春的嫩草，還要虛無縹渺。監獄裏的一架高亭，突出在許多有諧調的樹林的枝幹高頭。蘆根的淺水，滿浮著蘆花的絨穗，也不像積絨，也不像銀河。蘆萍開處，忽映出一道細狹而金赤的陽光，高沖牛斗。同是在這返光裏飛墜的幾簇蘆絨，半邊是紅，半邊是白。我向西呆看了幾分鐘，又回頭向東北三面環眺了幾分鐘，忽而把什麼都忘掉了，連我自家的身體都忘掉了。

上前走了幾步，在灰暗中我看見G君的兩手，正在忙動，我叫了一聲，G君頭也不朝轉來，很急促的對我說：

「你來，你來，來看我的傑作！」

我走近前去一看，他畫架上，懸在那裏，正在上色的，並不是夕陽，也不是蘆花，畫的中間，向右斜曲的，卻是一條顏色很沉滯的大道。道旁是一處陰森的墓地，墓地的背後，有許多灰黑凋殘的古木，橫叉在空間。枯木林中，半彎下弦的殘月，剛升起來，冷冷的月光，模糊隱約地照出了一隻停在墓地樹枝上的貓頭鷹的半身。顏色雖則還沒有上全，然而一道逼人的冷氣，卻從這幅未完的畫面直向觀者的臉上噴來，我簇緊了眉峰，對這畫面靜看了幾分鐘，抬起頭來正想說話的時候，覺得太陽已經完全下山了，四面的薄暮的光景也比一刻前促迫了。尤其是使我驚恐的，是我抬起頭來的時候，在我們的西北的墓地裏，也有一個很淡很淡的黑影，動了一動。我默默地停了一會，驚心定後，再朝轉頭來看東邊天上的時候，卻見了一痕初五六的新月，懸掛在空中。又停了一會，把驚恐之心，按捺了下去，我才慢慢地對G君說：

「這一張小畫，的確是你的傑作，未完的傑作。太晚了，快快起來，我們走罷！我覺得冷得很。」

我話沒有講完，又對他那張畫看了一眼，打了一個冷痙，忽而覺得毛髮都竦豎了起來；同時自昨天來在我胸中盤踞著的那種莫名其妙的憂鬱，又籠罩上我的心來了。

G君含了滿足的微笑，盡在那裏閉了一隻眼睛——這是他的脾氣——細看他那未完的傑作。我催了他好幾次，他才起來收拾畫具。我們二人慢慢的走回家來的時候，他也好像倦了，不願意講話，我也為那種憂鬱所侵襲，不想開口。兩人默默的走到燈火熒熒的民房很多的地方，G君方開口問我說：

「這一張畫的題目，我想叫『殘秋的日暮』，你說好不好？」

「畫上的表現，豈不是半夜的景象麼？何以叫日暮呢？」

他聽我這句話，又含了神秘的微笑說：

「這就是今天早晨我和你談的神秘的靈感喲！我畫的畫，老喜歡依畫畫時候的情感節季來命題，畫面和畫題合不合，我是不管的。」

「那麼，《殘秋的日暮》也覺得太衰颯了，況且現在已經入了十月，十月小陽春，哪裏是什麼殘秋呢？」

「那麼我這張畫就叫作《小春》吧！」

這時候我們已經走進了一條熱鬧的橫街，兩人各雇著洋車，分手回來的時候，上弦的新月，也已起來得很高了。我一個人搖來搖去地被拉回家來，路上經過了許多無人來往的烏黑的僻巷。僻巷的空地道上，縱橫倒在那裏的，只是些房屋和電桿的黑影。從燈火輝煌的大街，忽而轉入這樣僻靜的地方的時候，誰也會發生一種奇怪的感覺出來，我在這初月微明的天蓋下面蒼茫四顧，也忽而好像是遇見了什麼似的，心裏的那一種莫名其妙的憂鬱，更深起來了。

## 給一位文學青年的公開狀

今天的風沙實在太大了，中午吃飯之後，我因爲還要去教書，所以沒有許多工夫，和你談天。我坐在車上，一路的向北走去，沙石飛進了我的眼睛。一直到午後四點鐘止，我的眼睛四周的紅圈，還沒有褪盡。恐怕同學們見了要笑我，所以於上課堂之先，我從高窗口在日光大風裏把一雙眼睛曝曬了許多時。我今天上你那公寓裏來看了你那一副樣子，覺得什麼話也說不出來。現在我想趁著這大家已經睡寂了的幾點鐘工夫，把我要說的話，寫一點在紙上。

平素不認識的可憐的朋友，或是寫信來，或是親自上我這裏來的，很多很多；我因爲想報答兩位也是我素不認識而對於我卻有十二分的同情過的朋友的厚恩起見，總盡我的力量幫助他們。可是我的力量太薄弱了，可憐的朋友太多了，所以結果近來弄得我自家連一條棉褲也沒有。這幾天來天氣變得很冷，我老想買一件外套，但終於沒有買成。尤其是使我羞惱的，因爲恰逢此刻，我和同學們所讀的書裏，正有一篇俄國郭哥兒①著的嘲弄像我們一類人的小說《外套》。現在我的經濟狀態比從前並沒有什麼寬裕，從數目上講起來，反而比從前要少——因爲現在我不能向家裏去要錢花，每月的教書錢，額面上雖則有五十三加六十四合一百十七塊，但實際上拿得到的只有三十三四塊——而我的嗜好日深，每月光是煙酒的賬，也要開銷二十多塊。我曾經立過幾次對天的深誓，想把這一筆糜費戒省下來；但愈是沒有錢的時候，愈想喝酒吸煙。向你講這一番苦話，並不是因爲怕你要來問我借錢，而先事預防，我不過欲以我的身體來做一個證據，證明目下的中國社會的不合理，以大學校畢業的資格來糊口的你那種見解的錯誤罷了。

引誘你到北京來的，是一個國立大學畢業的頭銜；你告訴我說你的心裏，總想在國立大學弄到畢業，畢業以後至少生計問題總可以解決。現在學校都已考完，你一個國立大學也進不去，接濟你的資金的人，又因他自家的地位搖動，無錢寄你；你去投奔你同縣而且帶有親屬的大慈善家H，H又不納。窮極無路，只好寫封信給一個和你素不相識而你也明明知道是和你一樣窮的我。在這時候這樣的狀態之下，你還要口口聲聲的說什麼大學教育，「念書」，我真佩服你的堅忍不拔的雄心。不過佩服雖可佩服，但是你的思想的簡單愚直，也卻是一樣的可驚可異。現在你已經是變成了中性——半去勢的文人了，有許多事情，譬如說高尚一點的，去當土匪，卑微一點的，去拉洋車等事情，你已經是幹不了的了；難道你還嫌不足，還要想穿幾年長袍，做幾篇白話詩，短篇小說，達到你的全去勢的目的麼？大學畢業，以後就可以有飯吃，你這一種定理，是哪一本書上翻來的？

像你這樣一個白臉長身，一無依靠的文學青年，即使將麵包和淚吃，勤勤懇懇的在大學窗下住它五六年，難道你拿到畢業文憑的那一天，天上就忽而會下起珍珠白米的雨來的麼？

現在不要說中國全國，就是在北京的一區裏頭，你且去站在十字街頭，看見穿長袍黑馬褂或嗶嘰舊洋服的人，你且試對他們行一個禮，問他們一個人要一個名片來看看；我恐怕你不上半天，就可以積起一大堆的什麼學士，什麼博士來，你若再行一個禮，問一問他們的職業，我恐怕他們都要紅紅臉說：「兄弟是在這裏找事情的。」他們是什麼？他們都是大學畢業生呀，你能和他們一樣的有錢讀書麼？你能和他們一樣的有錢買長袍黑馬褂嗶嘰洋服麼？即使你也和他們一樣的有了讀書買衣服的錢，你能保得住你畢業的時候，事情會來找你麼？

大學畢業生坐汽車，吸大煙，一攫千金的人原是有的。然而他們都是為新上臺的大老經手減價賣職的人，都是有大刀槍桿在後面援助的人，都是有幾個什麼長在他們父兄身上的人；再粗一點說，他們至少也都是會爬烏龜鑽狗洞的人；你要有他們那麼的後援，或他們那麼的烏龜本領，狗本領，那麼你就是大學不畢業，何嘗不可以吃飯？

我說了這半天，不過想把你的求學讀書，大學畢業的迷夢打破而已。現在為你計，最上的上策，是去找一點事情幹幹。然而土匪你是當不了的，洋車你也拉不了的；報館的校對，圖書館的拿書者，家庭教師，看護男，門房，旅館火車菜館的夥計，因為沒有人可以介紹，你也是當不了的，——我當然是沒有能力替你介紹，——所以最上的上策，於你是不成功的了。其次你就去革命去吧，去製造炸彈去吧！但是革命是不是同割枯草一樣，用了你那裁紙的小刀，就可以革得成的呢？炸彈是不是可以用了你頭髮上的灰垢和半年不換的襪底裏的汙泥來調合的呢；這些事情，你去問上帝去吧！我也不知道。

比較上可以做得到，並且也不失為中策的，我看還是弄幾個旅費，回到湖南你的故土，去找出四五年你不曾見過的老母和你的小妹妹來，第一天相持對哭一天；第二天因為哭了傷心，可以在床上你的草窠裏睡去一天；既可以休養，又可以省幾粒米下來熬稀粥；第三天以後，你和你的母親妹妹，若沒有衣服穿，不妨三人緊緊的擠在一處，以體熱互助的結果，同冬天雪夜的群羊一樣，倒可以使你的老母，不至凍傷；若沒有米吃，你在日中天暖一點的時候，不妨把年老的母親交付給你妹妹的身體烘著，你自己可以上村前村後去掘一點草根樹根來煮湯吃，草根樹根裏也有澱粉，我的祖母未死的時候，常把洪楊亂日，她老人家嘗過的這滋味說給我聽，我所以知道。現在我既沒有餘錢，可以贈你，就把這秘方相傳，作個我們兩位窮漢，在京華塵土裏相遇的紀念吧！若說草根樹根，也被你們的督軍省長師長議員知事掘完，你無論走往何處再也找不出一塊一截來的時候，那麼你且咽著自家的口水，同唱戲似的把北京的豪富人家的蔬菜，有色有香的說給你的老母親小妹妹聽；至少在未死前的一刻半刻鐘中間，你們三個昏亂的腦子裏，總可以大事鋪張的享樂一回。

但是我聽你說，你的故鄉連年兵燹，房屋田產都已毀盡，老母弱妹，也不知是生是死，五年來音信不通；並且現在回湖南的火車不開，就是有路費也回去不得，何況沒有路費呢？

上策不行，次之中策也不行，現在我為你實在是沒有什麼法子好想了。不得已我就把兩個下策來對你講吧！

第一，現在聽說天橋又在招兵，並且聽說取得極寬，上自五十歲的老人起，下至十六七歲的少年止，一律都收；你若應募之後，馬上開赴前敵，打死在租界以外的中國地界，雖然不能說是為國效忠，也可以算得是為招你的那個同胞效了命，豈不是比餓死凍死在你那公寓的斗室裏，好得多麼？況且萬一不開往前敵，或雖開往前敵而不打死的時候，只教你能保持你現在的這種純潔的精神，只教你能有如現在想進大學讀書一樣的精神來宣傳你的理想，難保你所屬的一師一旅，不爲你所感化。這是下策的第一個。

第二，這才是真真的下策了！你現在不是只愁沒有地方住沒有地方吃飯而又苦於沒有勇氣自殺麼？你的沒有能力做土匪，沒有能力拉洋車，是我今天早晨在你公寓裏第一眼看見你的時候，已經曉得的。但是有一件事情，我想你還能勝任的，要幹的時候一定是幹得到的。這是什麼事情呢？啊啊，我真不願意說出來——我並不是怕人家對我提起訴訟，說我在嗾使你做賊，啊呀，不願意說倒說出來了，做賊，做賊，不錯，我所說的這件事情，就是叫你去偷竊呀！

無論什麼人的無論什麼東西，只教你偷得著，儘管偷吧！偷到了，不被發覺，那麼就可以把這你偷自他，他搶自第三人的，在現在的社會裏稱爲贓物，在將來進步了的社會裏，當然是要分歸你有的東西，拿到當鋪——我雖然不能爲你介紹職業，但是像這樣的當鋪，卻可以爲你介紹幾家——裏去換錢用。萬一發覺了呢？也沒有什麼。第一你坐坐監牢，房錢總可以不付了。第二監獄裏的飯，雖然沒有今天中午我請你的那家館子裏的那麼好，但是飯錢可以不付的。第三或者什麼什麼司令，以軍法從事，把你梟首示眾的時候，那麼你的無勇氣的自殺，總算是他來代你執行了，也是你的一件快心的事情，因爲這樣的活在世上，實在是沒有什麼意思。

我寫到這裏，覺得沒有話再可以和你說了，最後我且來告訴你一種實習的方法吧！

你若要實行上舉的第二下策，最好是從親近的熟人方面做起。譬如你那位同鄉的親戚老H家裏，你可以先去試一試看。因爲他的那些堆積在那裏的財富，不過是方法手段不同罷了，實際上也是和你一樣的偷來搶來的。你若再慍於他的慈和的笑裏的尖刀，不敢去向他先試，那麼不妨上我這裏來作個破題兒試試。我晚上臥房的門常是不關，進出很便。不過有一件缺點，就是我這裏沒有什麼值錢的物事。但是我有幾本舊書，卻很可以賣幾個錢。你若來時，最好是預先通知我一下，我好多服一劑催眠藥，早些睡下，因爲近來身體不好，晚上老要失眠，怕與你的行動不便；還有一句話——你若來時，心腸應該要練得硬一點，不要因爲是我的書的原因，致使你沒有偷成，就放聲大哭起來——

注釋

①即果戈里。

## 一個人在途上

在東車站的長廊下，和女人分開以後，自家又剩了孤零丁的一個。頻年飄泊慣的兩口兒，這一回的離散，倒也算不得什麼特別。可是端午節那天，龍兒剛死，到這時候，北京城裏雖已起了秋風，但是計算起來，去兒子的死期，究竟還只有一百來天。在車座裏，稍稍把意識恢復轉來的時候，自家就想起了盧騷晚年的作品《孤獨散步者的夢想》頭上的幾句話：

自家除了己身以外，已經沒有弟兄，沒有鄰人，沒有朋友，沒有社會了。自家在這世上，像這樣的，已經成了一個孤獨者了。……

然而當年的盧騷還有棄養在孤兒院內的五個兒子，而我自己哩，連一個撫育到五歲的兒子都還抓不住！

離家的遠別，本來也只為想養活妻兒。去年在某大學的被逐，是萬料不到的事情。其後兵亂迭起，交通阻絕，當寒冬的十月，會病倒在滬上，也是誰也料想不到的。今年二月，好容易到得南方，靜息了一年之半，誰知這剛養得出趣的龍兒又會遭此凶疾的呢？

龍兒的病報，本是在廣州得著，匆促北航，到了上海，接連接了幾個北京來的電報。換船到天津，已經是舊曆的五月初十。到家之夜，一見了門上的白紙條兒，心裏已經是跳得慌亂，從蒼茫的暮色裏趕到哥哥家中，見了衰病的她，因爲在大眾之前，勉強將感情壓住。草草吃了夜飯，上床就寢，把電燈一滅，兩人只有緊抱的痛哭，痛哭，痛哭，只是痛哭，氣也換不過來，更哪裏有說一句話的餘裕？

受苦的時間，的確脫煞過去得太悠徐，今年的夏季，只是悲嘆的連續。晚上上床，兩口兒，哪敢提一句話？可憐這兩個迷散的靈心，在電燈滅黑的黝暗裏，所摸走的荒路，每會湊集在一條線上；這路的交叉點裏，只有一塊小小的墓碑，墓碑上只有「龍兒之墓」的四個紅字。

妻兒因爲在浙江老家內，不能和母親同住，不得已，而搬往北京當時我在寄食的哥哥家去，是去年的四月中旬。那時候龍兒正長得肥滿可愛，一舉一動，處處教人歡喜。到了五月初，從某地回京，覺得哥哥家太狹小，就在什刹海的北岸，租定了一間渺小的住宅。夫妻兩個，日日和龍兒伴樂，閒時也常在北海的荷花深處，及門前的楊柳蔭中帶龍兒去走走。這一年的暑假，總算過得最快樂，最閒適。

秋風吹葉落的時候，別了龍兒和女人，再上某地大學去爲朋友幫忙，當時他們倆還往西車站去送我來哩！這是去年秋晚的事情，想起來還同昨日的情形一樣。

過了一月，某地的學校裏發生事情，又回京了一次，在什刹海小住了兩星期，本來打算不再出京了，然礙於朋友的面子，又不得不於一天寒風刺骨的黃昏，上西車站去趁車。這時候因爲怕龍兒要哭，自己和女人，吃過晚飯，便只說要往哥哥家裏去，只許他送我們到門口，記得那一天晚上，他一個人和老媽子立在門口，等我們倆去了好遠，還「爸爸！」「爸爸！」的叫了好幾聲。啊啊，這幾聲慘傷的呼喚，便是我在這世上聽到的他叫我的最後的聲音！

出京之後，到某地住了一宵，就匆促逃往上海。接續便染了病，遇了強盜輩的爭奪政權，其後赴南方暫住，一直到今年的五月，才返北京。

想起來，龍兒實在是一個填債的兒子，是當亂離困厄的這幾年中間，特來安慰我和他娘的愁悶的使者！

自從他在安慶生落地以來，我自己沒有一天脫離過苦悶，沒有一處安住到五個月以上。我的女人，也和我分擔著十字架的重負，只是東西南北的奔波飄泊。然當日夜難安，悲苦得不了的時候，只教他的笑臉一開，女人和我，就可以把一切窮愁，丟在腦後。而今年五月初十待我趕到北京的時候，他的屍體，早已在妙光閣的廣誼園地下躺著了。

他的病，說是腦膜炎。自從得病之日起，一直到舊曆端午節的午時絕命的時候止，中間經過有一個多月的光景。平時被我們寵壞了的他，聽說此番病裏，卻乖順得非常。叫他吃藥，他就大口的吃，叫他用冰枕，他就很柔順的躺上。病後還能說話的時候，只問他的娘：「爸爸幾時回來？」「爸爸在上海為我定做的小皮鞋，已經做好了沒有？」我的女人，於惑亂之餘，每幽幽的問他：「龍！你曉得你這一場病，會不會死的？」他老是很不願意的回答說：「哪兒會死的哩？」據女人含淚的告訴我說，他的談吐，絕不似一個五歲的小孩兒。

未病之前一個月的時候，有一天午後他在門口玩耍，看見西面來了一乘馬車，馬車裏坐著一個戴灰白色帽子的青年。他遠遠看見，就急忙丟下了伴侶，跑進屋裏去叫他娘出來，說：「爸爸回來了，爸爸回來了！」因爲我去年離京時所戴的，是一樣的一頂白灰呢帽。他娘跟他出來到門前，馬車已經過去了，他就死勁的拉住了他娘，哭喊著說：「爸爸怎麼不家來呀？爸爸怎麼不家來呀？」他娘說慰了半天，他還盡是哭著，這也是他娘含淚和我說的。現在回想起來，自己實在不該拋棄了他們，一個人在外面流蕩，致使他那小小的心靈，常有這望遠思親的傷痛。

去年六月，搬往什剎海之後，有一次我們在堤上散步，因爲他看見了人家的汽車，硬是哭著要坐，被我痛打了一頓。又有一次，也是因爲要穿洋服，受了我的毒打。這實在只能怪我做父親的沒有能力，不能做洋服給他穿，雇汽車給他坐。早知他要這樣的早死，我就是典當強劫，也應該去弄一點錢來，滿足他這點點無邪的欲望。到現在追想起來，實在覺得對他不起，實在是我太無容人之量了。

我女人說，瀕死的前五天，在病院裏，他連叫了幾夜的爸爸！她問他：「叫爸爸幹什麼？」他又不響了，停一會兒，就又再叫起來；到了舊曆五月初三日，他已入了昏迷狀態，醫師替他抽骨髓，他只會直叫一聲「幹嗎？」喉頭的氣管，咯咯在抽咽，眼睛只往上吊送，口頭流些白沫，然而一口氣總不肯斷。他娘哭叫幾聲「龍！龍！」他的小眼角上，就會迸流些眼淚出來，後來他娘看他苦得難過，倒對他說：

「龍！你若是沒有命的，就好好的去吧！你是不是想等爸爸回來？就是你爸爸回來，也不過是這樣的替你醫治罷了。龍！你有什麼不了的心願呢？龍！與其這樣的抽咽受苦，你還不如快快的去吧！」

他聽了這一段話，眼角上的眼淚，更是湧流得厲害。到了舊曆端午節的午時，他竟等不著我的回來，終於斷氣了。

喪葬之後，女人搬往哥哥家裏，暫住了幾天。我於五月十日晚上，下車趕到什刹海的寓宅，打門打了半天，沒有應聲。後來抬頭一看，才見了一張告示郵差送信的白紙條。

自從龍兒生病以後連日夜看護久已倦了的她，又哪裏經得起最後的這一個打擊？自己當到京之夜，見了她的衰容，見了她的淚眼，又哪裏能夠不痛哭呢！

在哥哥家裏小住了兩三天，我因為想追求龍兒生前的遺跡，一定要女人和我仍復搬回什刹海的住宅去住它一兩個月。

搬回去那天，一進上屋的門，就見了一張被他玩破的今年正月裏的花燈；聽說這張花燈，是南城大姨媽送他的，因為他自家燒破了一個窟窿，他還哭過好幾次來的。

其次，便是上房裏磚上的幾堆燒紙錢的痕跡！係當他下殮時燒給他的。

院子裏有一架葡萄，兩棵棗樹，去年採取葡萄棗子的時候，他站在樹下，兜起了大褂，仰頭在看樹上的我。我摘取一顆，丟入了他的大褂兜裏，他的哄笑聲，要繼續到三五分鐘。今年這兩棵棗樹，結滿了青青的棗子，風起的半夜裏，老有熟極的棗子辭枝自落。女人和我，睡在床上，有時候且哭且談，總要到更深人靜，方能入睡。在這樣的幽幽的談話中間，最怕聽的，就是這滴答的墜棗之聲。

到京的第二日，和女人去看他的墳墓。先在一家南紙鋪裏買了許多冥府的鈔票，預備去燒送給他。直到到了妙光閣的廣誼園塋地門前，她方從嗚咽裏清醒過來，說：「這是鈔票，他一個小孩如何用得呢？」就又回車轉來，到琉璃廠去買了些有孔的紙錢。

她在墳前哭了一陣，把紙錢鈔票燒化的時候，卻叫著說：

「龍！這一堆是鈔票，你收在那裏，待長大了的時候再用，要買什麼，你先拿這一堆錢去用吧！」

這一天在他的墳上坐著，我們直到午後七點，太陽平西的時候，才回家來。臨走的時候，他娘還哭叫著說：

「龍！龍！你一個人在這裏不怕冷靜的麼？龍！龍！人家若來欺你，你晚上來告訴娘吧！你怎麼不想回來了呢？你怎麼夢也不來托一個的呢？」

箱子裏，還有許多散放著的他的小衣服。今年北京的天氣，到七月中旬，已經是很冷了。當微涼的早晚，我們倆都想換上幾件夾衣，然而因爲怕見到他舊時的夾衣袍襪，我們倆卻盡是一天一天的捱著，誰也不說出口來，說「要換上件夾衫」。

有一次和女人在那裏睡午覺，她驟然從床上坐了起來，鞋也不拖，光著襪子，跑上了上房起坐室裏，並且更掀簾跑上外面院子裏去。我也莫名其妙跟著她跑到外面的時候，只見她在那裏四面找尋什麼，找尋不著，呆立了一會，她忽然放聲哭了起來，並且抱住了我急急的追問說：「你聽不聽見？你聽不聽見？」哭完之後，她才告訴我說，在半醒半睡的中間，她聽見「娘！娘！」的叫了兩聲，的確是龍的聲音，她很堅定的說：「的確是龍回來了。」

北京的朋友親戚，爲安慰我們起見，今年夏天常請我們倆去吃飯聽戲，她老不願意和我們去，因爲去年的六月，我們無論上哪裏去玩，龍兒是常和我們在一處的。

今年的一個暑假，就是這樣的，在悲嘆和幻夢的中間消逝了。

這一回南方來催我就道的信，過於匆促，出發之前，我覺得還有一件大事情沒有做了。

中秋節前新搬了家，爲修理房屋，部署雜事，就忙了一個星期。出發之前，又因了種種瑣事，不能抽出空來，再上龍兒的墳地裏去探望一回。女人上東車站來送我上車的時候，我心裏盡酸一陣痛一陣的在回念這一件恨事。有好幾次想和她說出來，教她於兩三日後再往妙光閣去探望一趟，但見了她的憔悴盡的顏色，和苦忍住的悽楚，又終於一句話也沒有講成。

現在去北京遠了，去龍兒更遠了，自家只一個人，只是孤零丁的一個人。在這裏繼續此生中大約是完不了的飄泊。

## 志摩在回憶裏

新詩傳宇宙，竟爾乘風歸去，同學同庚，老友如君先宿草。

華表托精靈，何當化鶴重來，一生一死，深閨有婦賦招魂。

這是我托杭州陳紫荷先生代作代寫的一副挽志摩的挽聯。陳先生當時問我和志摩的關係，我只說他是我自小的同學，又是同年，此外便是他這一回的很適合他身分的死。

做挽聯我是不會做的，尤其是文言的對句。而陳先生也想了許多成句，如「高處不勝寒」，「猶是深閨夢裡人」之類，但似乎都尋不出適當的上下對，所以只成了上舉的一聯。這挽聯的好壞如何，我也不曉得，不過我覺得文句做得太好，對仗對得太工，是不大適合於哀挽的本意的。悲哀的最大表示，是自然的目瞪口呆，僵若木雞的那一種樣子，這我在小曼夫人當初次接到志摩的凶耗的時候曾經親眼見到過。其次是撫棺的一哭，這我在萬國殯儀館中，當日來吊的許多志摩的親友之間曾經看到過。至於哀挽詩詞的工與不工，那卻是次而又次的問題了；我不想說志摩是如何如何的偉大，我不想說他是如何如何的可愛，我也不想說我因他之死而感到怎麼怎麼的悲哀，我只想把在記憶裡的志摩來重描一遍，因而再可以想見一次他那副凡見過他一面的人誰都不容易忘去的面貌與音容。

大約是在宣統二年（一九一〇）的春季，我離開故鄉的小市，去轉入當時的杭府中學讀書，——上一期似乎是在嘉興府中讀的，終因路遠之故而轉入了杭府——那時候府中的監督，記得是邵伯炯先生，寄宿舍是大方伯的圖書館對面。

當時的我，是初出茅廬的一個十四歲未滿的鄉下少年，突然間闖入了省府的中心，周圍萬事看起來都覺得新異怕人。所以在宿舍裡，在課堂上，我只是誠惶誠恐，戰戰兢兢，同蝸牛似地蜷伏著，連頭都不敢伸一伸出殼來。但是同我的這一種畏縮態度正相反的，在同一級同一宿舍裡，卻有兩位奇人在跳躍活動。

一個是身體生得很小，而臉面卻是很長，頭也生得特別大的小孩子。我當時自己當然總也還是一個孩子，然而看見了他，心裡卻老是在想：「這頑皮小孩，樣子真生得奇怪」，彷彿我自己已經是一個大孩似的。還有一個日夜和他在一塊，最愛做種種淘氣的把戲，爲同學中間的愛戴集中點的，是一個身材長得相當的高大，面上也已經滿示著成年的男子的表情，由我那時候的心裏猜來，彷佛是年紀總該在三十歲以上的大人，——其實呢，他也不過和我們上下年紀而已。

他們倆，無論在課堂上或在宿舍裡，總在交頭接耳的密談著，高笑著，跳來跳去，和這個那個鬧鬧，結果卻終於會出其不意地做出一件很輕快很可笑很奇特的事情來吸引大家的注意的。

而尤其使我驚異的，是那個頭大尾巴小，戴著金邊近視眼鏡的頑皮小孩，平時那樣的不用功，那樣的愛看小說——他平時拿在手裡的總是一卷有光紙上印著石印細字的小本子——而考起來或作起文來卻總是分數得得最多的一個。

像這樣的和他們同住了半年宿舍，除了有一次兩次也上了他們一點小當之外，我和他們終究沒有發生什麼密切一點的關係；後來似乎我的宿舍也換了，除了在課堂上相聚在一塊之外，見面的機會更加少了。年假之後第二年的春天，我不曉爲了什麼，突然離去了府中，改入了一個現在似乎也還沒有關門的教會學校。從此之後，一別十餘年，我和這兩位奇人——一個小孩，一個大人——終於沒有遇到的機會。雖則在異鄉飄泊的途中，也時常想起當日的舊事，但是終因爲周圍環境的遷移激變，對這微風似的少年時候的回憶，也沒有多大的留戀。

民國十三四年——一九二三、四年——之交，我混跡在北京的軟紅塵裡；有一天風定日斜的午後，我忽而在石虎胡同的松坡圖書館裡遇見了志摩。仔細一看，他的頭，他的臉，還是同中學時候一樣發育得分外的大，而那矮小的身材卻不同了，非常之長大了，和他並立起來，簡直要比我高一二寸的樣子。

他的那種輕快磊落的態度，還是和孩時一樣，不過因爲歷盡了歐美的遊程之故，無形中已經鍛鍊成了一個長於社交的人了。笑起來的時候，可還是同十幾年前的那個頑皮小孩一色無二。

從這年後，和他就時時往來，差不多每禮拜要見好幾次面。他的善於座談，敏於交際，長於吟詩的種種美德，自然而然地使他成了一個社交的中心。當時的文人學者，達官麗姝，以及中學時候的倒楣同學，不論長幼，不分貴賤，都在他的客座上可以看得到。不管你是如何心神不快的時候，只教經他用了他那種濁中帶清的洪亮的聲音，「喂，老×，今天怎麼樣？什麼什麼怎麼樣了？」的一問，你就自然會把一切的心事丟開，被他的那種快樂的光耀同化了過去。

正在這前後，和他一次談起了中學時候的事情，他卻突然的呆了一呆，張大了眼睛驚問我說：

「老李你還記得起記不起？他是死了哩！」

這所謂老李者，就是我在頭上寫過的那位頑皮大人，和他一道進中學的他的表哥哥。

其後他又去歐洲，去印度，交遊之廣，從中國的社交中心擴大而成爲國際的。於是美麗宏博的詩句和清新絕俗的散文，也一年年的積多了起來。一九二七年的革命之後，北京變了北平，當時的許多中間階級者就四散成了秋後的落葉。有些飛上了天去，成了要人，再也沒有見到的機會了，有些也竟安然地在牖下到了黃泉；更有些，不死不生，仍復在歧路上徘徊著，苦悶著，而終於尋不到出路。是在這一種狀態之下，有一天在上海的街頭，我又忽而遇見志摩。

「喂，這幾年來你躲在什麼地方？」

兜頭的一喝，聽起來仍舊是他那一種洪亮快活的聲氣。在路上略談了片刻，一同到了他的寓裡坐了一會，他就拉我一道到了大賚公司的輪船碼頭。因爲午前他剛接到了無線電報，詩人太果爾回印度的船係定在午後五時左右靠岸，他是要上船去看看這老詩人的病狀的。

當船還沒有靠岸，岸上的人和船上的人還不能夠交談的時候，他在碼頭上的寒風裡立著——這時候似乎已經是秋季了——靜靜地呆呆地對我說：

「詩人老去，又遭了新時代的擯斥，他老人家的悲哀，正是孔子的悲哀。」因爲太果爾這一回是新從美國日本去講演回來，在日本在美國都受了一部分新人的排斥，所以心裡是不十分快活的；並且又因年老之故，在路上更染了一場重病。志摩對我說這幾句話的時候，雙眼呆看著遠處，臉色變得青灰，聲音也特別的低。我和志摩來往了這許多年，在他臉上看出悲哀的表情來的事情，這實在是最初也便是最後的一次。

從這一回之後，兩人又同在北京的時候一樣，時時來往了。可是一則因爲我的疏懶無聊，二則因爲他跑來跑去的教書忙，這一兩年間，和他聚談時候也並不多。今年的暑假後，他於去北平之先曾大宴了三日客。頭一天喝酒的時候，我和董任堅先生都在那裡。董先生也是當時杭府中學的舊同學之一，席間我們也曾談到了當時的杭州。在他遇難之前，從北平飛回來的第二天晚上，我也偶然的，真真是偶然的，闖到了他的寓裡。

那一天晚上，因爲有許多朋友會聚在那裡的緣故，談談說說，竟說到了十二點過。臨走的時候，還約好了第二天晚上的後會才茲分散。但第二天我沒有去，於是就永久失去了見他的機會了，因爲他的靈柩到上海的時候是已經驗好了來的。

文人之中，有兩種人最可以羨慕。一種是像高爾基一樣，活到了六七十歲，而能寫許多有聲有色的回憶文的老壽星，其他的一種是如葉賽寧一樣的光芒還沒有吐盡的天才夭折者。前者可以寫許多文學史上所不載的文壇起伏的經歷，他個人就是一部縱的文學史。後者則可以要求每個同時代的文人都寫一篇吊他哀他或評他罵他的文字，而成一部橫的放大的文苑傳。

現在志摩是死了，但是他的詩文是不死的，他的音容狀貌可也是不死的，除非要等到認識他的人老老少少一個個都死完的時候爲止。

## 附記

上面的一篇回憶寫完之後，我想想，想想，又在陳先生代做的挽聯裡加入了一點事實，綴成了下面的四十二字：

三卷新詩，廿年舊友，與君同是天涯，只為佳人難再得。

一聲河滿，九點齊煙，化鶴重歸華表，應愁高處不勝寒。

光慈的晚年

記得是一九二五年的春天，我在上海才第一次和光赤相見。在以前也許是看見他過了，但他給我的印象一定不深，所以終於想不起來。那時候他剛從俄國回來，穿得一身很好的洋服，說得一口抑揚很清晰的普通話；身材高大，相貌也並不惡，戴在那裏的一副細邊近視眼鏡，卻使他那一種紳士的態度，發揮得更有神氣。當時我們所談的，都是些關於蘇俄作家的作品，以及蘇俄的文化設施等事情。因爲創造社出版部，正在草創經營的開始，所以我們很想多拉幾位新的朋友進來，來加添一點力量。

光赤的態度談吐，大約是受了西歐的文學家的影響的；說起話來，總有絕大的抱負，不遜的語氣；而當時的他卻還沒有寫成過一篇正式的東西；因此，創造社出版部的幾位新進作家，在那時候著實有些鄙視他的傾向，正在這個時候，廣州中山大學，以厚重的薪金和誠懇的禮貌，來聘我們去文科教書了。

臨行的時候，我們本來有邀他同去的意思的，但一則因爲廣州的情形不明，二則因爲要和我們一道去的人數過多，所以只留了一個後約，我們便和他在上海分了手。

到了革命中心地的廣州，前後約莫住了一年有半，上海的創造社出版部竟被弄得一塌糊塗了；於是在廣州的幾位同人，就公決教我犧牲了個人的地位和利益，重回到上海來整理出版部的事務。

那時候的中山大學校長，是現在正在提倡念經禮佛的戴季陶先生，我因爲要辭去中山大學的職務，曾和戴校長及朱副校長騮先，費去了不少的唇舌，這些事情和光赤無關，所以此地可以不說；總之一九二七年後，我就到了上海了，自那一年後，就同光赤有了日夕見面的機會。

那時候的創造社出版部，是在閘北三德里的一間兩開間的房子裏面，光赤也住在近邊的租界裏；有時候他常來吃飯，有時候我也常和他出去吃咖啡。出版部裏的許多新進作家，對他的態度，還是同前兩年一樣，而光赤的一冊詩集和一冊《少年飄泊者》，卻已在亞東出版了。在一九二七年的前後，革命文學普羅文學，還沒有現在那麼的流行，因而光赤的作風，大爲一般人所不滿。他出了那兩冊書後，文壇上竟一點兒影響也沒有，和我談起，他老是滿肚皮的不平。我於一方面安慰激勵他外，一方面便促他用盡苦心，寫兒篇有力量的小說出來，以證他自己的實力，不久之後，他就在我編的《創造月刊》第一期上發表了《鴨綠江上》，這一篇可以說是他後期的諸作品的先驅。

革命軍到上海之後國共分家，思想起了熱烈的衝突，從實際革命工作裏被放逐出來的一班左傾青年，都轉向文化運動的一方面來了；在一九二八，一九二九以後，普羅文學就執了中國文壇的牛耳，光赤的讀者崇拜者，也在這兩年裏突然增加了起來。

在一九二七年裏我替他介紹給北新的一冊詩集《戰鼓》，一直捱到了一九二九年方才出版；同時他的那部《衝出雲圍的月亮》，在出版的當年，就重版到了六次。

正在這一個熱鬧的時候，左翼文壇裏卻發生了一種極不幸的內鬨，就是文壇Hegemony①的爭奪戰爭。光赤領導了一班不滿意於創造社並魯迅的青年，另樹了一幟，組成了太陽社的團體，在和創造社與魯迅爭鬥理論。我既與創造社脫離了關係，也就不再做什麼文章了，因此和光赤他們便也無形中失去了見面談心的良會。

在這當中，白色恐怖瀰漫了全國，甚至於光赤的這個名字，都覺得有點危險，所以他把名字改了，改成了光慈。蔣光慈的小說，接連又出了五六種之多，銷路的迅速，依舊和一九二九年末期一樣，其後我雖則不大有和他見面的機會，但在旅行中，在鄉村裏所聽到的關於他的消息，也著實不少。我聽見說，他上日本去旅行了；我聽見說，他和吳似鴻女士結婚了；我聽見說，他的小說譯成俄文了。聽到了這許許多多的好消息後，我正在為故人欣喜，欣喜他的文學的成功，但不幸在一九三一年的春天，忽而又在上海的街頭，遇著了清瘦得不堪，說話時老在喘著氣的他。

他告訴我說，近來病得很厲害，幾本好銷的書，又被政府禁止了，弄得生活都很艱難。他又說，近來對於一切，都感到了失望，覺得做人真沒趣得很。我們在一家北四川路的咖啡館裏，坐著談著，竟談盡了一個下午。因為他說及了生活的艱難，所以我就為他介紹了中華書局的翻譯工作。當時中華書局正通過了一個建議，仿英國Bohn's Library②例，想將世界各國的標準文學作品，無論已譯未譯的，都請靠得住的譯者，直接從原文來翻譯一道。

從這一回見面之後，我因為常在江浙內地裏閒居，不大在上海住落，而他的病，似乎也一直纏綿不斷地繞住了他，所以一別經年，以後終究沒有再和他談一次的日子了。

在這一年的夏秋之交，我偶從杭州經過，聽說他在西湖廣化寺養病，但當我聽到了這消息之後，馬上向廣化寺去尋他，則寺裏的人，都說他沒有來過，大家也不曉得他是住在哪一個寺裏的。入秋之後，我不知又在哪一處鄉下住了一個月的光景，回到上海不久，在一天秋雨瀟瀟的晚上，有人來說蔣光慈已經去世了。

吳似鴻女士，我從前是不大認識的，後來聽到了光慈的訃告，很想去看她一回，致幾句唁辭；可是依那傳信的人說來，吳女士當光慈病革之前，已和他發生了意見，臨終時是不在他的病床之側的。直到九一八事變發生之後，在總商會演宣傳反帝抗日的話劇的時候，我才遇到了吳女士。當時因爲人多不便談話，所以只匆匆說了幾句處置光慈所藏的遺書（俄文書籍）的事情之外，另外也沒有深談。其後在田漢先生處，屢次和吳女士相見，我才從吳女士的口裏，聽到了些光慈晚年的性癖。

據吳女士談，光慈的爲人，卻和他的思想相反，是很守舊的。他的理想中的女性，是一個具有良妻賢母的資格，能料理家務，終日不出，日日夜夜可以在閨房裏伴他著書的女性。「這，」吳女士說，「這，我卻辦不到。因此，在他的晚年，每有和我意見相左的地方。」我於認識了吳女士之後，又聽到了她的這一段意見，平心靜氣地一想，覺得吳女士的行爲，也的確是不得已的事情。所以當光慈作古的前後，我所聽到的許多責備吳女士的說話，到此才曉得是吳女士的冤罪。

又聽一位當光慈病歿時，陪侍在側的青年之所說，則光慈之死，所受的精神上的打擊，要比身體上的打擊，更足以致他的命。光慈晚年每引以爲最大恨事的，就是一般從事於文藝工作的同時代者，都不能對他有相當的尊敬。對於他的許多著作，大家非但不表示尊敬，並且時常還有鄙薄的情勢，所以在他病倒了的一年之中，衷心鬱鬱，老沒有一日開暢的日子。此外則黨和他的分裂，也是一件使他遺恨無窮的大事，到了病篤的時候，偶一談及，他還在短嘆長吁，訴說大家的不瞭解他。

說到了這一層，我自己的確也不得不感到許多歉仄；因爲對光慈的作品，不表示尊敬者，我也是其中的一個。我總覺得光慈的作品，還不是真正的普羅文學，他的那種空想的無產階級的描寫，是不能使一般要求寫實的新文學的讀者滿意的。這事情，我在他初期寫小說時，就和他爭論過好幾次；後來看到了他的作品的廣受歡迎，也就不再和他談論這些了；現在想到了他那抱憾終身，憂鬱致死的晚年的情景，心裏頭真也覺得十分的難過。九原如可作，我倒很願意對死者之靈，撤回我當時對他所發的許多不客氣的批評，但這也不過是我聊以自慰的空想而已。

總而言之，光慈雖不是一個真正的普羅作家，但以他的熱情，以他的技巧，以他的那一種抱負來寫作的東西，則將來一定是可以大成的無疑。無論如何，他的早死，究竟是中國文壇上的一個損失。

注釋

①英文，支配權，統治權。

②波恩圖書館。

## 移家瑣記

一

「流水不腐」，這是中國人的俗話，Stagnat Pond，這是外國人形容固定的頹毀狀態的一個名詞。在一處羈住久了，精神上習慣上，自然會生出許多黴爛的斑點來。更何況洋場米貴，狹巷人多，以我這一個窮漢，夾雜在三百六十萬上海市民的中間，非但汽車，洋房，跳舞，美酒等文明的洪福享受不到，就連吸一口新鮮空氣，也得走十幾里路。移家的心願，早就有了；這一回卻因朋友之介，偶爾在杭城東隅租著一所適當的閒房，籌謀計算，也張羅攏了二三百塊洋錢，於是這很不容易成就的戔戔私願，竟也貓貓虎虎地實現了。小人無大志，蝸角亦乾坤，觸蠻鼎定，先讓我來謝天謝地。

搬來的那一天，是春雨霏微的星期二的早上，為計時日的正確，只好把一段日記抄在下面：

一九三三年四月廿五（陰曆四月初一），星期二。晨五點起床，窗外下著濛濛的時雨，料理行裝等件，趕赴北站，衣帽盡濕。攜女人兒子及一僕婦登車，在不斷的雨絲中，向西進發。野景正妍，除白桃花，菜花，棋盤花外，田野裏只一片嫩綠，淺談尚帶鵝黃，此番因自上海移居杭州，故行李較多，視孟東野稍為富有，沿途上落，被無產同胞的搬運夫，敲刮去了不少。午後一點到杭州城站，雨勢正盛，在車上蒸乾之衣帽，又涔涔濕矣。

新居在浙江圖書館側面的一堆土山旁邊，雖只東倒西斜的三間舊屋，但比起上海的一樓一底的弄堂洋房來，究竟寬敞得多了，所以一到寓居，就開始做室內裝飾的工作。沙發是沒有的，鏡屏是沒有的，紅木器具，壁畫紗燈，一概沒有。幾張板桌，一架舊書，在上海時，塞來塞去，只覺得沒地方塞的這些破銅爛鐵，一到了杭州，向三間連通的矮廳上一擺，看起來竟空空洞洞，像煞是滄海中間的幾顆粟米了。最後裝上壁去的，卻是上海八雲裝飾設計公司送我的一塊石膏圓面。塑製者是江山徐葆藍氏，面上刻出的是《聖經》裏馬利馬格大倫的故事。看來看去，在我這間黝暗矮闊的大廳陳設之中，覺得有一點生氣的，就只是這一塊同深山白雪似的小小的石膏。

## 二

向晚雨歇，電燈來了。燈光灰暗不明，問先搬來此地住的王母以「何不用個亮一點的燈球」？方才知道朝市而今雖不是秦，但杭州一隅，也決不是世外的桃源，這樣要捐，那樣要稅，居民的負擔，簡直比世界那一國的首都，都加重了；即以電燈一項來說，每一個字，在最近也無法地加上了好幾成的特捐。「烽火滿天殍滿地，儒生何處可逃秦？」這是幾年前做過的疊秦韻的兩句山歌，我聽了這些話後，嘴上雖則不念出來，但心裏卻也私私地轉想了好幾次。腹誹若要加刑，則我這一篇瑣記，又是自己招認的供狀了，罪過罪過。

三更人靜，門外的巷裏，忽傳來了些篤篤篤篤的敲小竹梆的哀音。問是什麼？說是賣餛飩圓子的小販營生。往年這些擔頭很少，現在冷街僻巷，都有人來賣到天明了，百業的凋敝，城市的蕭條，這總也是民不聊生的一點點的實證罷？

新居落寞，第一晚睡在床上，翻來覆去，總睡不著覺。夜半挑燈，就只好拿出一本新出版的《兩地書》來細讀。有一位批評家說，作者的私記，我們沒有閱讀的義務。當時我對這話，倒也佩服得五體投地，所以書店來要我出書簡集的時候，我就堅決地謝絕了，並且還想將一本為無錢過活之故而拿去出賣的日記都教他們毀版，以為這些東西，是只好於死後，讓他人來替我印行的；但這次將魯迅先生和密斯許的書簡集來一讀，則非但對那位批評家的信念完全失掉，並且還在這一部兩人的私記裏，看出了許多許多平時不容易看到的社會黑暗面來。至如魯迅先生的詼諧憤俗的氣概，許女士的誠實莊嚴的風度，還是在長書短簡裏自然流露的餘音，由我們熟悉他們的人看來，當然更是味中有味，言外有情，可以不必提起，我想就是絕對不認識他們的人，讀了這書，至少也可以得到幾多的教訓，私記私記，義務云乎哉？

從半夜讀到天明，將這《兩地書》讀完之後，已經覺得愈興奮了，六點敲過，就率性走到樓下去洗了一洗手臉，換了一身衣服，踏出大門，打算去把這杭城東隅的侵晨朝景，看它一個明白。

三

夜來的雨，是完全止住了，可是外貌像馬加彈姆式的沙石馬路上，還滿漲著淤泥，天上也還浮罩著一層明灰的雲幕。路上行人稀少，老遠老遠，只看得見一部漫漫在向前拖走的人力車的後形。從狹巷裏轉出東街，兩旁的店家，也只開了一半，連挑了菜擔在沿街趕早市的農民，都像是沒有灌氣的橡皮玩具。四周一看，蕭條復蕭條，衰落又衰落，中國的農村，果然是破產了，但沒有實業生產機關，沒有和平保障的像杭州一樣的小都市，又何嘗不在破產的威脅上戰慄著待斃呢？

中國目下的情形，大抵總是農村及小都市的有產者，集中到大都會去。在大都會的帝國主義保護之下變成殖民地的新資本家，或成軍閥官僚的附屬品的少數者，總算是找著了出路。他們的貨財，會愈積而愈多，同時爲他們所犧牲的同胞，當然也要加速度的倍加起來。結果就變成這樣的一個公式：農村中的有產者集中小都市，小都市的有產者集中大都會，等到資產化盡，而生財無道的時候，則這些素有恆產的候鳥就又得倒轉來從大都會而小都市而仍返農村去作貧民。輾轉循環，絲毫不爽，這情形已經繼續了二三十年了，再過五年十年之後的社會狀態，自然可以不卜而知了啦，社會的癥結究在那裏？唯一的出路究在那裏？難道大家還不明白麼？空喊著抗日抗日，又有什麼用處？

一個人在大街上踱著想著，我的腳步卻於不知不覺的中間，開了倒車，幾個彎兒一繞，竟又將我自己的身體，搬到了大學近旁的一條路上來了。向前面看過去，又是一堆土山。山下是平平的泥路和淺淺的池塘。這附近一帶，我兒時原也來過的。二十幾年前頭，我有一位親戚曾在報國寺裏當過軍官，更有一位哥哥，曾在陸軍小學堂裏當過學生。既然已經回到了寓居的附近，那就爬上山去看它一看吧，好在一晚沒有睡覺，頭腦還有點兒糊塗，登高望望四境，也未始不是一帖清涼的妙藥。

天氣也漸漸開朗起來了，東南半角，居然已經露出了幾點青天和一絲白日。土山雖則不高，但眺望倒也不壞。湖上的群山，環繞在西北的一帶，再北是空間，更北是湖州境內的髮樣的青山了。東面迢迢，看得見的，是臨平山，臯亭山，黃鶴山之類的連峰疊嶂。再偏東北處，大約是唐棲鎮上的超山山影，看去雖則不遠，但走走怕也有半日好走哩。在土山上環視了一周，由遠及近，用大量觀察法來一算，我才明白了這附近的地理。原來我那新寓，是在軍裝局的北方，而三面的土山，係遙接著城牆，圍繞在軍裝局的匡外的。怪不得今天破曉的時候，還聽見了一陣喇叭的吹唱，怪不得走出新寓的時候，還看見了一名荷槍直立的守衛士兵。

「好得很！好得很！……」我心裏在想，「前有圖書，後有武庫，文武之道，備於此矣！」我心裏雖在這樣的自作有趣，但一種沒落的感覺，一種不能再在大都會裏插足的哀思，竟漸漸地漸漸地溶浸了我的全身。

## 杭州的八月

杭州的廢曆八月，也是一個極熱鬧的月份。自七月半起，就有桂花栗子上市了，一入八月，栗子更多，而滿覺隴南高峰翁家山一帶的桂花，更開得來香氣醉人。八月之名桂月，要身入到滿覺隴去過一次後，才領會得到這名字的相稱。

除了這八月裏的桂花，和中國一般的八月半的中秋佳節之外，在杭州還有一個八月十八的錢塘江的潮汛。

錢塘的秋潮，老早就有名了，傳說就以為是吳王夫差殺伍子胥沉之於江，子胥不平，鬼在作怪之故。《論衡》裏有一段文章，駁斥這事，說得很有理由：「儒書言，『吳王夫差殺伍子胥，煮之於鑊，盛於囊，投之於江，子胥恚恨，臨水為濤，溺殺人。』夫言吳王殺伍子胥，投之於江，實也，言其恨恚，臨水為濤者，虛也。且衛菹子路，而漢烹彭越，子胥勇猛，不過子路彭越，然二子不能發怒於鼎鑊之中，子胥亦然，自先入鼎鑊，後乃入江，在鑊之時其神豈怯而勇於江水哉？何其怒氣前後不相副也？」可是《論衡》的理由雖則充足，但傳說的力量，究竟十分偉大，至今不但是錢塘江頭，就是盧州城內淝河岸邊，以及江蘇福建等濱海傍湖之處，仍舊還看得見塑著白馬素車的伍大夫廟。

錢塘江的潮，在古代一定比現時還要來得大。這從高僧傳唐靈隱寺釋寶達，誦咒咒之，江潮方不至激射湖上諸山的一點，以及南宋高宗看潮，只在江幹候潮門外搭高臺的一點看來，就可以明白。現在則非要東去海寧，或五堡八堡，才看得見銀海潮頭一線來了。這事情從阮元的《揅經室集·浙江圖考》裏，也可以看得到一些理由，而江身沙漲，總之是潮不遠上的一個最大原因。

還有梁開平四年，錢武肅王為築捍海塘，而命強弩數百射濤頭，也只在候潮通江門外。至今海寧江邊一帶的鐵牛鎭鑄，顯然是師武肅王的遺意，後人造作的東西。（我記得鐵牛鑄成的年分，是在清順治年間，牛身上印在那裏的文字，還隱約辨得出來。）

滄桑的變革，實在厲害得很，可是杭州的住民，直到現在，在靠這一次秋潮而發點小財，做些買賣的，為數卻還不少哩！

# 故都的秋

秋天，無論在什麼地方的秋天，總是好的；可是啊，北國的秋，卻特別地來得清，來得靜，來得悲涼。我的不遠千里，要從杭州趕上青島，更要從青島趕上北平來的理由，也不過想飽嘗一嘗這「秋」，這故都的秋味。

江南，秋當然也是有的；但草木凋得慢，空氣來得潤，天的顏色顯得淡，並且又時常多雨而少風；一個人夾在蘇州上海杭州，或廈門香港廣州的市民中間，渾渾沌沌地過去，只能感到一點點清涼，秋的味，秋的色，秋的意境與姿態，總看不飽，嘗不透，賞玩不到十足。秋並不是名花，也並不是美酒，那一種半開，半醉的狀態，在領略秋的過程上，是不合式的。

不逢北國之秋，已將近十餘年了。在南方每年到了秋天，總要想起陶然亭的蘆花，釣魚臺的柳影，西山的蟲唱，玉泉的夜月，潭柘寺的鐘聲。在北平即使不出門去吧，就是在皇城人海之中，租人家一椽破屋來住著，早晨起來，泡一碗濃茶，向院子一坐，你也能看得到很高很高的碧綠的天色，聽得到青天下馴鴿的飛聲。從槐樹葉底，朝東細數著一絲一絲漏下來的日光，或在破壁腰中，靜對著像喇叭似的牽牛花（朝榮）的藍朵，自然而然地也能夠感覺到十分的秋意。說到了牽牛花，我以爲以藍色或白色者爲佳，紫黑色次之，淡紅者最下。最好，還要在牽牛花底，教長著幾根疏疏落落的尖細且長的秋草，使作陪襯。

北國的槐樹，也是一種能使人聯想起秋來的點綴。像花而又不是花的那一種落蕊，早晨起來，會鋪得滿地。腳踏上去，聲音也沒有，氣味也沒有，只能感出一點點極微細極柔軟的觸覺。掃街的在樹影下一陣掃後，灰土上留下來的一條條掃帚的絲紋，看起來既覺得細膩，又覺得清閒，潛意識下並且還覺得有點兒落寞，古人所說的梧桐一葉而天下知秋的遙想，大約也就在這些深沉的地方。

秋蟬的衰弱的殘聲，更是北國的特產；因爲北平處處全長著樹，屋子又低，所以無論在什麼地方，都聽得見牠們的啼唱。在南方是非要上郊外或山上去才聽得到的。這秋蟬的嘶叫，在北平可和蟋蟀耗子一樣，簡直像是家家戶戶都養在家裏的家蟲。

還有秋雨哩，北方的秋雨，也似乎比南方的下得奇，下得有味，下得更像樣。

在灰沉沉的天底下，忽而來一陣涼風，便息列索落的下起雨來了。一層雨過，雲漸漸地捲向了西去，天又青了，太陽又露出臉來了；著著很厚的青布單衣或夾襖的都市閒人，咬著煙管，在雨後的斜橋影裏，上橋頭樹底去一立，遇見熟人，便會用了緩慢悠閒的聲調，微嘆著互答著的說：

「唉，天可真涼了——」（這了字念得很高，拖得很長。）

「可不是麼？一層秋雨一層涼啦！」

北方人念陣字，總老像是層字，平平仄仄起來，這念錯的歧韻，倒來得正好。

北方的果樹，到秋來，也是一種奇景。第一是棗子樹；屋角，牆頭，茅房邊上，灶房門口，它都會一株株的長大起來。像橄欖又像鴿蛋似的這棗子顆兒，在小橢圓形的細葉中間，顯出淡綠微黃的顏色的時候，正是秋的全盛時期；等棗樹葉落，棗子紅完，西北風就要起來了，北方便是塵沙灰土的世界，只有這棗子，柿子，葡萄，成熟到八九分的七八月之交，是北國的清秋的佳日，是一年之中最好也沒有的Golden Days①。

有些批評家說，中國的文人學士，尤其是詩人，都帶著很濃厚的頹廢色彩，所以中國的詩文裏，頌讚秋的文字特別的多。但外國的詩人，又何嘗不然？我雖則外國詩文念得不多，也不想開出賬來，做一篇秋的詩歌散文鈔，但你若去一翻英德法意等詩人的集子，或各國的詩文的Anthology②來，總能夠看到許多關於秋的歌頌與悲啼。各著名的大詩人的長篇田園詩或四季詩裏，也總以關於秋的部分，寫得最出色而最有味。足見有感覺的動物，有情趣的人類，對於秋，總是一樣的能特別引起深沉、幽遠、嚴厲、蕭索的感觸來的。

不單是詩人，就是被關閉在牢獄裏的囚犯，到了秋來，我想也一定會感到一種不能自已的深情；秋之於人，何嘗有國別，更何嘗有人種階級的區別呢？不過在中國，文字裏有一個「秋士」的成語，讀本裏又有著很普遍的歐陽子的《秋聲》與蘇東坡的《赤壁賦》等，就覺得中國的文人，與秋的關係特別深了。可是這秋的深味，尤其是中國的秋的深味，非要在北方，才感受得到的。

南國之秋，當然是也有它的特異的地方的，譬如廿四橋的明月，錢塘江的秋潮，普陀山的涼霧，荔枝灣的殘荷等等，可是色彩不濃，回味不永。比起北國的秋來，正像是黃酒之與白乾，稀飯之與饃饃，鱸魚之與大蟹，黃犬之與駱駝。

頭。

秋天，這北國的秋天，若留得住的話，我願意把壽命的三分之二折去，換得一個三分之一的零

注釋

①意為金色的時光。

②選集之意。

## 寂寞的春朝

大約是年齡大了一點的緣故吧?近來簡直不想行動，只愛在南窗下坐著曬曬太陽，看看舊籍，吃點容易消化的點心。

今年春暖，不到廢曆的正月，梅花早已開謝，盆裏的水仙花，也已經香到了十分之八了。因爲自家想避靜，連元旦應該去拜年的幾家親戚人家都懶得去。飯後瞌睡一醒，自然只好翻翻書架，檢出幾本正當一點的書來閱讀。順手一抽，卻抽著了一部退補齋刻的陳龍川的文集。一冊一冊的翻閱下去，覺得中國的現狀，同南宋當時，實在還是一樣。外患的迭來，朝廷的蒙昧，百姓的無智，志士的悲哽，在這中華民國的二十四年，和孝宗的乾道淳熙，的確也沒有什麼絕大的差別，從前有人吊岳飛說：「憐他絕代英雄將，爭不遲生付孝宗！」但是陳同甫的《中興五論》，上孝宗皇帝的《三書》，畢竟又有點什麼影響?

讀讀古書，比比現代，在我原是消磨春晝的最上法門。但是且讀且想，想到了後來，自家對自家，也覺得起了反感。在這樣好的春日，又當這樣有爲的壯年，我難道也只能同陳龍川一樣，做點悲歌慷慨的空文，就算了結了麼?但是一上書不報，再上，三上書也不報的時候，究竟一條獨木，也支不起大廈來的。爲免去精神的浪費，爲避掉親友的來擾，我還是拖著雙腳，走上城隍山去看熱鬧去。

自從遷到杭州來後，這城隍山真對我發生了絕大的威力。心中不快的時候，閒散無聊的時候，大家熱鬧的時候，風雨晦冥的時候，我的唯一的逃避之所就是這一堆看去也並不高大的石山。去年舊曆的元旦，我是上此地來過的；今年雖則年歲很荒，國事更壞，但山上的香煙熱鬧，綠女紅男，還是同去年一樣。對花濺淚，怕要惹得旁人說煞風景，不得已我只好於背著手走下山來的途中，哼它兩句舊詩：

大地春風十萬家，偏安原不損繁華。
輸降表已傳關外，冊帝文應出海涯。
北闕三書終失策，暮年一第亦微瑕。
千秋論定陳同甫，氣壯詞雄節較差。

走到了寓所，連題目都想好了，是《乙亥元旦，讀陳龍川集，有感時事》。

## 春愁

說秋月不如春月的，畢竟是「只解歡娛不解愁」的女孩子們的感覺，像我們男子，尤其是到了中年的我們這些男子，恐怕到得春來，總不免有許多懊惱與愁思。

第一，生理上就有許多不舒服的變化；腰骨會感到酸痛，全體筋絡，會覺得疏懶。做起事情來，容易厭倦，容易顛倒。由生理的反射，心理上自然也不得不大受影響。譬如無緣無故會感到不安，恐怖，以及其他的種種心狀，若焦燥，煩悶之類。

而感覺得最切最普遍的一種春愁，卻是「生也有涯」的我們這些人類和周圍大自然界的對比。年去年來，花月風雲的現象，是一度一番，會重新過去，從前是常常如此，將來也決不會改變的。可是人呢？號爲萬物之靈的人呢？卻一年比一年的老了。由渾噩無知的童年，一進就進入了滿貯著性的苦悶，智的苦悶的青春。再不幾年，就得漸漸的衰，漸漸的老下去。

從前住在上海，春天看不見花草，聽不到鳥聲，每以爲無四季變換的洋場十里，是勞動者們的永久地獄。對於春，非但感到了恐怖，並且也感到了敵意，這當然是春愁。現在住上了杭州，到處可以看湖山，到處可以聽黃鳥，但春濃反顯得人老，對於春又新起了一番妒意，春愁可更加厚了。

在我個人，並且還有一種每年來復的神經性失眠的症狀，是從春暮開始，入夏劇烈，到秋方能痊治的老病。對這死症的恐怖，比病上了身，實際上所受的肉體的苦痛還要厲害。所以春對我，絕對不能融洽，不能忍受。年紀輕一點的時候，每思到一個終年沒有春到的地方去做人；在當時單憑這一種幻想，也可以把我的春愁減殺一點，過幾刻快活的時間。現在中年了，理智發達，頭腦固定，幻想沒有了。一遇到春，就只有愁慮，只有恐懼。

去年因爲新搬上杭州來過春天，近郊的有許多地方，還不曾去跑過，所以二三四的幾個月，就完全花去在閒行跋涉的筋肉勞動之上，覺得身體還勉強對付了過去。今年可不對了，曾經去過的地方，不想再去，而新的可以娛春的方法，又還沒有發見。去旅行麼？既無同伴，又缺少旅費。讀書麼？寫文章麼？未拿起書本，未捏著筆，心裏就煩躁得要命。喝酒也豈能長醉，戀愛是尤其沒有資格了。

想到了最後，我只好希望著一種不意的大事件的發生，譬如「一二八」那麼的飛機炸彈的來臨，或大地震大革命的勃發之類，或者可以把我的春愁驅散，或者簡直可以把我的軀體毀去；但結果，這當然也不過是一種無望之望，同少年時代一樣的一種幻想而已。

# 江南的冬景

凡在北國過過冬天的人，總都知道圍爐煮茗，或吃涮羊肉，剝花生米，飲白乾的滋味。而有地爐，暖炕等設備的人家，不管它們外面是雪深幾尺，或風大若雷，而躲在屋裏過活的兩三個月的生活，卻是一年之中最有勁的一段蟄居異境；老年人不必說，就是頂喜歡活動的小孩子們，總也是個個在懷戀的，因為當這中間，有的是蘿蔔、雅兒梨等水果的閒食，還有大年夜、正月初一、元宵等熱鬧的節期。

但在江南，可又不同；冬至過後，大江以南的樹葉，也不至於脫盡。寒風——西北風——間或吹來，至多也不過冷了一日兩日。到得灰雲掃盡，落葉滿街，晨霜白得像黑女臉上的脂粉似的清早，太陽一上屋簷，鳥雀便又在吱叫，泥地裏便又放出水蒸氣來，老翁小孩就又可以上門前的隙地裏去坐著曝背談天，營屋外的生涯了；這一種江南的冬景，豈不也可愛得很麼？

我生長江南，兒時所受的江南冬日的印象，銘刻特深；雖則漸入中年，又愛上了晚秋，以為秋天正是讀讀書，寫寫字的人的最惠節季，但對於江南的冬景，總覺得是可以抵得過北方夏夜的一種特殊情調，說得摩登些，便是一種明朗的情調。

我也曾到過閩粵，在那裏過冬天，和暖原極和暖，有時候到了陰曆的年邊，說不定還不得不拿出紗衫來著；走過野人的籬落，更還看得見許多雜七雜八的秋花！一番陣雨雷鳴過後，涼冷一點；

至多也只好換上一件夾衣，在閩粵之間，皮袍棉襖是絕對用不著的；這一種極南的氣候異狀，並不是我所說的江南的冬景，只能叫它作南國的長春，是春或秋的延長。

江南的地質豐腴而潤澤，所以含得住熱氣，養得住植物；因而長江一帶，蘆花可以到冬至而不敗，紅時也有時候會保持得三個月以上的生命。像錢塘江兩岸的烏桕樹，則紅葉落後，還有雪白的桕子著在枝頭，一點一叢，用照相機照將出來，可以亂梅花之真。草色頂多成了赭色，根邊總帶點綠意，非但野火燒不盡，就是寒風也吹不倒的。若遇到風和日暖的午後，你一個人肯上冬郊去走走，則青天碧落之下，你不但感不到歲時的肅殺，並且還可以飽覺著一種莫名其妙的含蓄在那裏的生氣；「若是冬天來了，春天也總馬上會來」的詩人的名句，只有在江南的山野裏，最容易體會得出。

說起了寒郊的散步，實在是江南的冬日，所給與江南居住者的一種特異的恩惠；在北方的冰天雪地裏生長的人，是終他的一生，也決不會有享受這一種清福的機會的。我不知道德國的冬天，比起我們江浙來如何，但從許多作家的喜歡以Spaziergang一字來做他們的創造題目的一點看來，大約是德國南部地方，四季的變遷，總也和我們的江南差仿不多。譬如說十九世紀的那位鄉土詩人洛在格（Peter Rosegger,1843-1918）罷，他用這一個「散步」做題目的文章尤其寫得多，而所寫的情形，卻又是大半可以拿到中國江浙的山區地方來適用的。

江南河港交流，且又地濱大海，湖沼特多，故空氣裏時含水分；到得冬天，不時也會下著微雨，而這微雨寒村裏的冬霖景象，又是一種說不出的悠閒境界。你試想想，秋收過後，河流邊三五家人家會聚在一道的一個小村子裏，門對長橋，窗臨遠阜，這中間又多是樹枝槎椏的雜木樹林；在這一幅冬日農村的圖上，再灑上一層細得同粉也似的白雨，加上一層淡得幾不成墨的背景，你說還夠不夠悠閒？若再要點景致進去，則門前可以泊一隻烏篷小船，茅屋裏可以添幾個喧嘩的酒客，天垂暮了，還可以加一味紅黃，在茅屋窗中畫上一圈暗示著燈光的月暈。人到了這一個境界，自然會得胸襟灑脫起來，終至於得失俱亡，死生不同了；我們總該還記得唐朝那位詩人做的「暮雨瀟瀟江上村」的一首絕句罷？詩人到此，連對綠林豪客都客氣起來了，這不是江南冬景的迷人又是什麼？

一提到雨，也就必然的要想到雪：「晚來天欲雪，能飲一杯無？」自然是江南日暮的雪景。「寒沙梅影路，微雪酒香村」，則雪月梅的冬宵三友，會合在一道，在調戲酒姑娘了。「柴門村犬吠，風雪夜歸人」，是江南雪夜，更深人靜後的景況。「前樹深雪裏，昨夜一枝開」，又到了第二天的早晨，和狗一樣喜歡弄雪的村童來報告村景了。詩人的詩句，也許不盡是在江南所寫，而做這幾句詩的詩人，也許不盡是江南人，但假了這幾句詩來描寫江南的雪景，豈不直截了當，比我這一枝愚劣的筆所寫的散文更美麗得多？

有幾年，在江南，在江南也許會沒有雨沒有雪的過一個冬，到了春間陰曆的正月底或二月初再冷一冷下一點春雪的；去年（一九三四）的冬天是如此，今年的冬天恐怕也不得不然，以節氣推算起來，大約大冷的日子，將在一九三六年的二月盡頭，最多也總不過是七八天的樣子。像這樣的冬天，鄉下人叫作旱冬，對於麥的收成或者好些，但是人口卻要受到損傷；旱得久了，白喉、流行性感冒等疾病自然容易上身，可是想恣意享受江南的冬景的人，在這一種冬天，倒只會得感到快活一點，因爲晴和的日子多了，上郊外去閒步逍遙的機會自然也多；日本人叫作Hikeng，德國人叫作Spaziergang狂者，所最歡迎的也就是這樣的冬天。

窗外的天氣晴朗得像晚秋一樣；晴空的高爽，日光的洋溢，引誘得使你在房間裏坐不住，空言不如實踐，這一種無聊的雜文，我也不再想寫下去了，還是拿起手杖，擱下紙筆，上湖上散散步吧！

## 懷四十歲的志摩

眼睛一眨，志摩去世，已經交五年了。在上海那一天陰晦的早晨的凶報，福煦路上遺宅裏的倉皇顛倒的情形，以及其後靈柩的迎來，吊奠的開始，屍骨的爭奪，和無理解的葬事的經營等情狀，都還在我的目前，彷彿是今天早晨或昨天的事情。志摩落葬之後，我因爲不願意和那一位商人的老先生見面，一直到現在，還沒有去墓前傾一杯酒，獻一朵花；但推想起來，墓木縱不可拱，總也已經宿草盈阡了吧？志摩有靈，當能諒我這故意的疏懶！

綜志摩的一生，除他在海外的幾年不算外，自從中學入學起直到他的死後爲止，我是他的命運的熱烈的同情旁觀者；當他死的時候，和許多朋友夾在一道，曾經含淚寫過一篇極簡略的短文，現在時間已經經過了五年，回想起來，覺得對他的餘情還有許多鬱蓄在我的胸中。僅僅一個空泛的友人，對他尚且如此，生前和他有更深的交誼的許多女友，傷感的程度自然可以不必說了，志摩真是一個淘氣，討愛，能使你永久不會忘懷的頑皮孩子！

稱他作孩子，或者有人會說我賣老，其實我也不過是他的同年生，生日也許比他還後幾日，不過他所給我的卻是一個永也不會老去的新鮮活潑的孩兒的印象。

志摩生前，最爲人所誤解，而實際也許是催他速死的最大原因之一的一重性格，是他的那股不顧一切，帶有激烈的燃燒性的熱情。這熱情一經激發，便不管天高地厚，人死我亡，勢非至於將全宇宙都燒成赤地不可。發而爲詩，就成就了他的五光十色，燦爛迷人的七寶樓臺，使他的名字永留在中國的新詩史上。以之處世，毛病就出來了；他的對人對物的一身熱戀，就使他失歡於父母，得罪於社會，甚而至於還不得不遺詬於死後。他和小曼的一段濃情，在他的詩裏，日記裏，書簡裏，隨處都可以看得出來；若在進步的社會裏，有理解的社會裏，這一種事情，豈不是千古的美談？忠厚柔豔如小曼，熱烈誠摯若志摩，遇合在一道，自然要發放火花，燒成一片了，哪裏還顧得到綱常倫教？更哪裏還顧得到宗法家風？當這事情正在北京的交際社會裏成話柄的時候，我就佩服志摩的純真與小曼的勇敢，到了無以復加。記得有一次在來今雨軒吃飯的席上，曾有人問起我以對這事的意見，我就學了《三劍客》影片裏的一句話回答他：「假使我馬上要死的話，在我死的前頭，我就只想做一篇偉大的史詩，來頌美志摩和小曼。」

情熱的人，當然是不能取悅於社會，周旋於家室，更或至於不善用這熱情的；志摩在死的前幾年的那一種窮狀，那一種變遷，其罪不在小曼，不在小曼以外的他的許多男女友人，當然更不在志摩自身；實在是我們的社會，尤其是那一種借名教作商品的商人根性，因不理解他的緣故，終至於活生生的逼死了他。

志摩的死，原覺得可惜的很；人生的三四十前後——他死的時候是三十六歲——正是壯盛到絕頂的黃金時代。他若不死，到現在爲止，五六年間，大約我們又可以多讀到許多詩樣的散文，詩樣的小說，以及那一部未了的他的傑作——《詩人的一生》；可是一面，正因他的突然的死去，倒使這一部未完的傑作，更加多了深厚的回味之處卻也是真的。所以在他去世的當時，就有人說，志摩死得恰好，因爲詩人和美人一樣，老了就不値錢了。況且他的這一種死法，又和罷倫，奢來的死法一樣，確是最適合他身分的死。若把這話拿來作自慰之辭，原也有幾分真理含著，我卻終覺得不是如此的；志摩原可以活下去，那一件事故的發生，雖說是偶然的結果，但我們若一追究他的所以不得不遭逢這慘事的原因，那我在前面說過的一句話，「是無理解的社會逼死了他」，就成立了。我們所處的社會，真是一個如何狹量，險惡，無情的社會！不是身處其境，身受其毒的人，是無從知道的。

過去的事情，已經過去了；我們在志摩的死後，再來替他打抱不平，也是徒勞的事情。所以這次當志摩四十歲的誕辰，我想最好還是做一點實際的工作來紀念他，較爲適當；小曼已經有編纂他的全集的意思了，這原是紀念志摩的辦法之一，此外像志摩文學獎金的設定，和他有關的公共機關裏紀念碑胸像的建立，志摩圖書館的發起，以及志摩傳記的編撰等等，也是都可以由我們後死的友人，來做的工作。可恨的是時勢的混亂，當這一個國難的關頭，要來提倡尊重詩人，是違背事理的；更可恨的是世情的澆薄，現在有些活著的友人，一旦鑽營得了大位，尙且要排擠詆毀，誣陷壓迫我們這些無權無勢的文人，對於死者那更加可以不必說了。「儂今葬花人笑癡，他年葬儂知是誰？」悼吊志摩，或者也就是變相的自悼吧！

自家想有一所房子的心願，已經起了好幾年了；明明知道創造欲是好，所有欲是壞的事情，但一輪到了自己的頭上，總覺得衣食住行四件大事之中的最低限度的享有，是不可以不保住的。我衣並不要錦繡，食也自甘於藜藿，可是住的房子，代步的車子，或者至少也必須一雙襪子與鞋子的限度，總得有了才能說話。況且從前曾有一位朋友勸過我說，一個人既生下了地，一塊地卻不可以沒有，活著可以住住立立，或者睡睡坐坐，死了便可以挖一個洞，將己身來埋葬；當然這還是沒有火葬，沒有公墓以前的時代的話。

自搬到杭州來住後，於不意之中，承友人之情，居然弄到了一塊地，從此葬的問題總算解決了；但是住呢，占據的還是別人家的房子。去年春季，寫了一篇短短的應景而不希望有什麼結果的文章，說自己只想有一所小小的住宅；可是發表了不久，就來了一個迴響。一位做建築事業的朋友先來說：「你若要造房子，我們可以完全效勞」；一位有一點錢的朋友也說：「若通融得少一點，或者還可以想法」。四面一湊，於是起造一個風雨茅廬的計畫即便成熟到了百分之八十，不知我者謂我有了錢，深知我者謂我冒了險，但是有錢也罷，冒險也罷，入秋以後，總之把這笑話勉強弄成了事實，在現在的寓所之旁，也竟丁丁篤篤地動起了工，造起了房子。這也許是我的Folly，這也許是朋友們對於我的過信，不過從今以後，那些破舊的書籍，以及行軍床，舊馬子之類，卻總可以不再去周遊列國，學夫子的棲棲一代了，在這些地方，所有欲原也有它的好處。

本來是空手做的大事，希望當然不能過高；起初我只打算以茅草來代瓦，以塗泥來作壁，起它五間不大不小的平房，聊以過過自己有一所住宅的癮的；但偶爾在親戚家一談，卻談出來了事情。他說：「你要造房屋，也得揀一個日，看一看方向；古代的《周易》，現代的天文地理，卻實在是有至理存在那裏的呢！」言下他還接連舉出了好幾個很有徵驗的實例出來給我聽，而在座的其他三四位朋友，並且還同時做了塡具腳踏手印的見證人。更奇怪的，是他們所說的這一位具有通天入地眼的奇蹟創造者，也是同我們一樣，讀過哀皮西提，演過代數幾何，受過現代高等教育的學校畢業生。

經這位親戚的一介紹，經我的一相信，當初的計畫，就變了卦，茅廬變作了瓦屋，五開間的一排營房似的平居，拆作了三開間兩開間的兩座小蝸廬。中間又起了一座牆，牆上更挖了一個洞；住屋的兩旁，也添了許多間的無名的小房間。這麼的一來，房屋原多了不少，可同時債台也已經築得比我的風火圍牆還高了幾尺。這一座高臺基石的奠基者郭相經先生，並且還在勸我說：「東南角的龍手太空，要好，還得造一間南向的門樓，樓上面再做上一層水泥的平臺才行」。他的這一句話，又恰巧打中了我的下意識裏的一個痛處；在這只空角上，我實在也在打算蓋起一座塔樣的樓來，樓名是十五六年前就想好的，叫作「夕陽樓」。現在這一座塔樓，雖則還沒有蓋起，可是只打算避避風雨的茅廬一所，卻也塗上了朱漆，嵌上了水泥，有點像是外國鄉鎮裏的五六等貧民住宅的樣子了；自己雖則不懂陽宅的地理，但在光線不甚明亮的清早或薄暮看起來，倒也覺得郭先生的設計，並沒有弄什麼玄虛，和科學的方法，仍舊還是對的。所以一定要在光線不甚明亮的時候看的原因，就因爲我的膽子畢竟還小，不敢空口說大話要包工用了最好的材料來造我這一座貧民住宅的緣故。

這倒還不在話下，有點兒覺得麻煩的，卻是預先想好的那個風雨茅廬的風雅名字與實際的不符。皺眉想了幾天，又覺得中國的山人並不入山，兒子的小犬也不是狗的玩意兒，原早已有人在幹了，我這樣小小的再說一個並不害人的謊，總也不至於有死罪。況且西湖上的那間巍巍乎有點像先施、永安的堆疊似的高大洋樓之以××草舍作名稱，也不曾聽見說有人去干涉過。多一事不如少一事，九九歸原，還是照最初的樣子，把我的這間貧民住宅，仍舊叫作了避風雨的茅廬。橫額一塊，卻是因馬君武先生這次來杭之便，硬要他伸了瘋痛的右手，替我寫上的。

## 懷魯迅

真是晴天的霹靂，在南台的宴會席上，忽而聽到了魯迅的死！

發出了幾通電報，會萃了一夜行李，第二天我就匆匆跳上了開往上海的輪船。

二十二日上午十時船靠了岸，到家洗了一個澡，吞了兩口飯，跑到膠州路萬國殯儀館去，遇見的只是真誠的臉，熱烈的臉，悲憤的臉，和千千萬萬將要破裂似的青年男女的心肺與緊揑的拳頭。

這不是尋常的喪事，這也不是沉鬱的悲哀，這正像是大地震要來，或黎明將到時充塞在天地之間的一瞬間的寂靜。

生死，肉體，靈魂，眼淚，悲歎，這些問題與感覺，在此地似乎太渺小了，在魯迅的死的彼岸，還照耀著一道更偉大，更猛烈的寂光。

沒有偉大的人物出現的民族，是世界上最可憐的生物之群；有了偉大的人物，而不知擁護，愛戴，崇仰的國家，是沒有希望的奴隸之邦。因魯迅的一死，使人自覺出了民族的尚可以有為，也因魯迅之一死，使人家看出了中國還是奴隸性很濃厚的半絕望的國家。

魯迅的靈柩，在夜陰裏被埋入淺土中去了；西天角卻出現了一片微紅的新月。

# 回憶魯迅

## 序言

魯迅作故的時候，我正飄流在福建。那一天晚上，剛在南台一家飯館裏吃晚飯，同席的有一位日本的新聞記者，一見面就問我，魯迅逝世的電報，接到了沒有？我聽了，雖則大吃了一驚，但總以為是同盟社造的謠。因為不久之前，我曾在上海會過他，我們還約好於秋天同去日本看紅葉的。後來雖也聽到他的病，但平時曉得他老有因為落夜而致傷風的習慣，所以，總覺得這消息是不可靠的誤傳。因為得了這一個消息之故，那一天晚上，不待終席，我就走了。同時，在那一夜裏，福建報上，有一篇演講稿子，也有改正的必要，所以從南台走回城裏的時候，我就直上了報館。

晚上十點以後，正是報館裏最忙的時候，我一到報館，與一位負責的編輯，只講了幾句話，就有位專編國內時事的記者，拿了中央社的電稿，來給我看了；電文卻與那一位日本記者所說的一樣，說是「著作家魯迅，於昨晚在滬病故」了。

我於驚愕之餘，就在那一張破稿紙上，寫了幾句電文：「上海申報轉許景宋女士：驟聞魯迅噩耗，未敢置信，萬請節哀，餘事面談」。第二天的早晨，我就踏上了三北公司的靖安輪船，奔回到了上海。

魯迅的葬事，實在是中國文學史上空前的一座紀念碑，他的葬儀，也可以說是民眾對日人的一種示威運動。工人，學生，婦女團體，以前魯迅生前的知友親戚，和讀他的著作，受他的感化的不相識的男男女女，參加行列的，總有一萬人以上。

當時，中國各地的民眾正在熱叫著對日開戰，上海的知識分子，尤其是孫夫人蔡先生等舊日自由大同盟的諸位先進，提倡得更加激烈，而魯迅適當這一個時候去世了，他平時，也是主張對日抗戰的，所以民眾對於魯迅的死，就拿來當作了一個非抗戰不可的象徵；換句話說，就是在把魯迅的死，看作了日本侵略中國的具體事件之一。在這個時候，在這一種情緒下的全國民眾，對魯迅的哀悼之情，自然可以不言而喻了；所以當時全國所出的刊物，無論哪一種定期或不定期的印刷品上，都充滿了哀悼魯迅的文字。

但我卻偏有一種愛冷不感熱的特別脾氣，以為魯迅的崇拜者，友人，同事，既有了這許多追悼他的文字與著作，那我這一個渺乎其小的同時代者，正可以不必馬上就去鋪張些我與魯迅的關係。在這一個熱鬧關頭，我就是寫十萬百萬字的哀悼魯迅的文章，於魯迅之大，原是不能再加上以毫末，而於我自己之小，反更足以多一個證明。因此，我只在《文學》月刊上，寫了幾句哀悼的話，此外就一字也不提，一直沉默到了現在。

現在哩！魯迅的全集，已經出版了；而全國民眾，正在一個絕大的危難底下抖擻。在這偉大的民族受難期間，大家似乎對魯迅個人的傷悼情緒，減少了些了，我卻想來利用餘閒，寫一點關於魯迅的回憶。若有人因看了這回憶之故，而去多讀一次魯迅的集子，那就是我對於故人的報答，也就是我所以要寫這些斷片的本望。

廿七年八月十四日在漢壽

和魯迅第一次的相見，不知是在哪一年哪一月哪一日，——我對於時日地點，以及人的姓名之類的記憶力，異常的薄弱，人非要遇見至五六次以上，才能將一個人的名氏和一個人的面貌連合起來，記在心裏——但地方卻記得是在北平西城的磚塔兒胡同一間坐南朝北的小四合房子裏。因爲記得那一天天氣很陰沉，所以一定是在我去北平，入北京大學教書的那一年冬天，時間彷佛是在下午的三四點鐘。若說起那一年的大事情來，卻又有史可稽了，就是曹錕賄選成功，做大總統的那一個冬天。

去看魯迅，也不知是爲了什麼事情。他住的那一間房子，我卻記得很清楚，是在那兩座磚塔的東北面，正當胡同正中的地方，一個三四丈寬的小院子，院子裏長著三四株棗樹。大門朝北，而住屋——三間上房——卻朝正南，是杭州人所說的倒騎龍式的房子。

那時候，魯迅還在教育部裏當僉事，同時也在北京大學裏教小說史略。我們談的話，已經記不起來了，但只記得談了些北大的教員中間的閒話，和學生的習氣之類。

他的臉色很青，鬍子是那時候已經有了；衣服穿得很單薄，而身材又矮小，所以看起來像是一個和他的年齡不大相稱的樣子。

他的紹興口音，比一般紹興人所發的來得柔和，笑聲非常之清脆，而笑時眼角上的幾條小皺紋，卻很是可愛。

房間裏的陳設，簡單得很；散置在桌上，書櫥上的書籍，也並不多，但卻十分的整潔。桌上沒有洋墨水和鋼筆，只有一方硯瓦，上面蓋著一個紅木的蓋子。筆筒是沒有的，水池卻像一個小古董，大約是從頭髮胡同的小市上買來的無疑。

他送我出門的時候，天色已經晚了，北風吹得很大；門口臨別的時候，他不曉說了一句什麼笑話，我記得一個人在走回寓舍來的路上，因回憶著他的那一句，滿面還帶著了笑容。

同一個來訪我的學生，談起了魯迅。他說：「魯迅雖在冬天，也不穿棉褲，是抑制性欲的意思。他和他的舊式的夫人是不要好的。」因此，我就想起了那天去訪問他時，來開門的那一位清秀的中年婦人。她人亦矮小，纏足梳頭，完全是一個典型的紹興太太。

數年前，魯迅在上海，我和映霞去北戴河避暑回到了北平的時候，映霞曾因好奇之故，硬逼我上魯迅自己造的那一所西城象鼻胡同後面西三條的小房子裏，去看過這中年的婦人。她現在還和魯迅的老母住在那裏，但不知她們在強暴的鄰人管制下的生活也過得慣不？

那時候，我住在阜城門內巡捕廳胡同的老宅裏。時常來往的，是住在東城祿米倉的張鳳舉，徐耀辰兩位，以及沈尹默，沈兼士，沈士遠的三昆仲；不時也常和周作人氏，錢玄同氏，胡適之氏，馬幼漁氏等相遇，或在北大的休息室裏，或在公共宴會的席上。這些同事們，都是魯迅的崇拜者，而對於魯迅的古怪脾氣，都當作一件似乎是歷史上的軼事在談論。

在我與魯迅相見不久之後，周氏兄弟反目的消息，從祿米倉的張、徐二位那裏聽到了。原因很複雜，而旁人終於也不明白是究竟為了什麼。但終魯迅的一生，他與周作人氏，竟沒有和解的機會。

本來，魯迅與周作人氏哥兒倆，是住在八道灣的那一所大房子裏的。這一所大房子，係魯迅在幾年前，將他們紹興的祖屋賣了，與周作人在八道灣買的；買了之後，加以修繕，他們弟兄和老太太就統在那裏住了。俄國的那位盲詩人愛羅先珂寄住的，也就是這一所八道灣的房子。

後來魯迅和周作人氏鬧了，所以他就搬了出來，所住的，大約就是磚塔胡同的那一間小四合了。所以，我見到他的時候，正在他們的口角之後不久的期間。

據鳳舉他們判斷，以為他們弟兄間的不睦，完全是兩人的誤解。周作人氏的那位日本夫人，甚至說魯迅對她有失敬之處。但魯迅有時候對我說：「我對啓明，總老規勸他的，教他用錢應該節省一點。我們不得不想想將來，但他對於經濟，總是進一個花一個的，尤其是他那一位夫人。」從這些地方，會合起來，大約他們反目的真因，也可以猜度到一二成了。不過凡是認識魯迅，認識啓明及他的夫人的人，都曉得他們三個人，完全是好人；魯迅雖則也痛罵過正人君子，但據我所知的他們三人來說，則只有他們才是真正的正人君子。現在頗有些人，說周作人已作了漢奸，但我卻始終仍是懷疑。所以，全國文藝作者協會致周作人的那一封公開信，最後的決定，也是由我改削過的；我總以為周作人先生，與那些甘心賣國的人，是不能作一樣的看法的。

這時候的教育部，薪水只發到二成三成，公事是大家不辦的，所以，魯迅很有功夫教書，編講義，寫文章。他的短文，大抵是由孫伏園氏拿去，在《晨報副刊》上發表；教書是除北大外，還兼任著師大。

有一次，在魯迅那裏閒坐，接到了一個來催開會的通知，我問他忙麼？他說，忙倒也不忙，但是同唱戲的一樣，每天總得到處去扮一扮。上講臺的時候，就得扮教授，到教育部去也非得扮官不可。

他說雖則這樣的說，但做到無論什麼事情時，卻總肯負完全的責任。

至於說到唱戲呢，在北平雖則住了那麼久，可是他終於沒有愛聽京戲的癖性。他對於唱戲聽戲的經驗，始終只限於紹興的社戲，高腔，亂彈，目連戲等，最多也只聽到了徽班。阿Q所唱的那句「手執鋼鞭將你打」，就是亂彈班《龍虎鬥》裏的句子，是趙玄壇唱的。

對於目連戲，他卻有特別的嗜好，他有好幾次同我說，這戲裏的穿插，實在有許許多多的幽默味。他曾經舉出不少的實例，說到一個借了鞋襪靴子去赴宴會的人，到了人來向他索還，只剩一件大衫在身上的時候，這一位老兄就裝作肚皮痛，以兩手按著腹部，口叫著我肚皮痛殺哉，將身體伏矮了些，於是長衫就蓋到了腳部以遮掩過去的一段，他還照樣的做出來給我們看過。說這一段話時，我記得《月夜》的著者，川島兄也在座上，我們曾經大笑過的。

後來在上海，我有一次談到了予倩、田漢諸君想改良京劇，來作宣傳的話，他根本就不贊成。並且很幽默的說，以京劇來宣傳救國，那就是「我們救國啊啊啊啊了，這行麼？」

孫伏園氏在晨報社，爲了魯迅的一篇挖苦人的戀愛的詩，與劉勉己氏鬧反了臉。魯迅的學生李小峰就與伏園聯合起來，出了《語絲》。投稿者除上述的諸位之外，還有林語堂氏，在國外的劉半農氏，以及徐旭生氏等。但是周氏兄弟，卻是《語絲》的中心。而每次語絲社中人敘會吃飯的時候，魯迅總不出席，因爲不願與周作人氏遇到的緣故。因此，在這一兩年中，魯迅在社交界，始終沒有露一露臉。無論什麼人請客，他總不肯出席；他自己哩，除了和一二人去小吃之外，也絕對的不大規模（或正式）的請客。這脾氣，直到他去廈門大學以後，才稍稍改變了些。

魯迅的對於後進的提拔，可以說是無微不至。《語絲》發刊以後，有些新人的稿子，差不多都是魯迅推薦的。他對於高長虹他們的一集團，對於沉鐘社的幾位，對於未名社的諸子，都一例地在爲說項。就是對於沈從文氏，雖則已有人在孫伏園去後的《晨報副刊》上在替吹嘘了，他也時時提到，唯恐諸編輯的埋沒了他。還有當時在北大念書的王品青氏，也是他所屬望的青年之一。

魯迅和景宋女士（許廣平）的認識，是當他在北京（那時北平還叫做北京）女師大教書的中間，前後經過，《兩地書》裏已經記載得很詳細，此地可以不必說。但他和許女士的進一步的接近，是在「三一八」慘案之前，章士釗做教育總長，使劉百昭去用了老媽子軍以暴力解散女師大的時候。

魯迅是向來喜歡打抱不平的，看了章士釗的横行不法，又兼自己還是這學校的講師，所以，當教育部下令解散女師大的時候，他就和許季茀，沈兼士，馬幼漁等一道起來反對。當時的魯迅，還是教育部的僉事，故而總長的章士釗也就下令將他撤職。爲此，他一面向行政院控告章士釗，提起行政訴訟，一面就在《語絲》上攻擊《現代評論》的爲虎作倀，尤以對陳源（通伯）教授爲最烈。

《現代評論》的一批幹部，都是英國留學生；而其中像周鯁生，皮宗石，王世杰等，卻是兩湖人。他們和章士釗，在同到過英國的一點上，在同是湖南人的一點上，都不得不幫教育部的忙。魯迅因而攻擊紳士態度，攻擊《現代評論》的受賄賂，這一時候他的雜文，怕是他一生之中，最含熱意的妙筆。在這一個壓迫和反抗，正義和暴力的爭鬥之中，他與許廣平便有了更進一步的認識機會。

在這前後，我和他見面的次數並不多，因爲我已經離開了北平，上武昌師範大學文科去教書了，可是這一年（民十三？）暑假回北京，看見他的時候，他正在做控告章士釗的狀子，而女師大爲校長楊蔭榆的問題，也正是鬧得最厲害的期間。當他告訴我完了這事情的經過之後，他仍舊不改他的幽默態度說：

「人家說我在打落水狗，但我卻以爲在打槍傷老虎，在扮演周處或武松。」

這句話真說得我高笑了起來。可是他和景宋女士的認識，以及有什麼來往，我卻還一點兒也不曾曉得。

直到兩年（？）之後，他因和林文慶博士鬧意見，從廈門大學回上海的那一年暑假，我上旅館去看他，談到了中午，就約他及景宋女士與在座的許欽文去吃飯。在吃完飯後，茶房端上咖啡來時，魯迅卻很熱情地向正在攪咖啡杯的許女士看了一眼，又用告誡親屬似地熱情的口氣，對許女士說：

「密斯許，你胃不行，咖啡還是不吃的好，吃些生果吧！」

在這一個極微細的告誡裏，我才第一次看出了他和許女士中間的愛情。

從此以後，魯迅就在上海住下了，是在閘北去竇樂安路不遠的景雲里內一所三樓朝南的洋式弄堂房子裏。他住二層的前樓，許女士是住在三樓的。他們兩人間的關係，外人還是一點兒也沒有曉得。

有一次，林語堂——當時他住在愚園路，和我靜安寺路的寓居很近——和我去看魯迅，談了半天出來，林語堂忽然問我：

「魯迅和許女士，究竟是怎麼回事，有沒有什麼關係的？」

我只笑著搖搖頭，回問他說：

「你和他們在廈大同過這麼久的事，難道還不曉得麼？我可真看不出什麼來。」

說起林語堂，實在是一位天性純厚的真正英美式的紳士，他決不疑心人有意說出的不關緊要的謊。我只舉一個例出來，就可以看出他的本性。當他在美國向他的夫人求愛的時候，他第一次捧呈了她一冊克萊克夫人著的小說《模範紳士約翰哈里法克斯》；但第二次他忘記了，又捧呈了她以這冊John Halifax Gentleman。這是林夫人親口對我說的話，當然是不會錯的。從這一點上看來，就可以看出語堂真是如何地忠厚老實的一位模範紳士。他的提倡幽默，挖苦紳士態度，我們都在說，這些都是從他的Inferiority Complex（不及錯覺）心理出發的。

語堂自從那一回經我說過魯迅和許女士中間大約並沒有什麼關係之後，一直到海嬰（魯迅的兒子）將要生下來的時候，才茲恍然大悟。我對他說破了，他滿臉泛著好好先生的微笑說：

「你這個人真壞！」

魯迅的煙癮，一向是很大的；在北京的時候，他吸的，總是哈德門牌的拾枝裝包。當他在人前吸煙的時候，他總探手進他那件灰布棉袍的袋裏去摸出一枝來吸；他似乎不喜歡將煙包先拿出來，然後再從煙包裏抽出一枝，而再將煙包塞回袋裏去。他這脾氣，一直到了上海，仍沒有改過，不曉是爲了怕麻煩的原因呢？抑或爲了怕人家看見他所吸的煙，是什麼牌。

他對於煙酒等刺激品，一向是不十分講究的；對於酒，他是同煙一樣。他的量雖則並不人，但卻老愛喝一點。在北平的時候，我曾和他在東安市場的一家小羊肉鋪裏喝過白乾；到了上海之後，所喝的，大抵是黃酒了。但五加皮，白玫瑰，他也喝，啤酒，白蘭地他也喝，不過總喝得不多。

愛護他，關心他的健康無微不至的景宋女士，有一次問我：「周先生平常喜歡喝點酒，還是給他喝什麼酒好？」我當然答以黃酒第一。但景宋女士卻說，他喝黃酒時，老要量喝得很多，所以近來她在給他喝五加皮。並且說，因爲五加皮酒性太烈，她所以老把瓶塞在平時拔開，好教消散一點酒氣，變得淡些。

在這些地方，本可看出景宋女士的一心爲魯迅犧牲的偉大精神來；仔細一想，真要教人感激得下眼淚的，但我當時卻笑了，笑她的太沒有對於酒的知識。當然她原也曉得酒精成份多少的科學常識，可是愛人愛得過分時，常識也往往會被熱摯的真情，掩蔽下去。我於講完了量與質的問題，講完了酒精成份的比較問題之後，就勸她，以後，頂好是給周先生以好的陳黃酒喝，否則還是喝啤酒。

這一段談話後不久，忽而有一天，魯迅送了我兩瓶十多年陳的紹興黃酒，說是一位紹興同鄉，帶出來送他的。我這才放了心，相信以後他總不再喝五加皮等烈酒了。

我的記憶力很差，尤其是對於時日及名姓等的記憶。有些朋友，當見面時卻混得很熟，但竟有一年半載以上，不曉得他的名姓的，因爲混熟了，又不好再請教尊姓大名的緣故。像這一種習慣，我想一般人也許都有，可是，在我覺得特別的厲害。而魯迅呢，卻很奇怪，他對於遇見過一次，或和他在文字上有點糾葛過的人，都記得很詳細，很永固。

所以，我在前段說起過的，魯迅到上海的時日，照理應該在十八年的春夏之交；因爲他於離開廈門大學之後，是曾上廣州中山大學去住過一年的；他的重回上海，是在因和顧頡剛起了衝突，脫離中山大學之後；並且因恐受當局的壓迫拘捕，其後亦曾在廣州閒住了半年以上的時間。

他對於辭去中山大學教職之後，在廣州閒住的半年那一節事情，也解釋得非常有趣。他說：

「在這半年中，我譬如是一隻雄雞，在和對方呆鬥。這呆鬥的方式，並不是兩邊就咬起來，卻是振冠擊羽，保持著一段相當距離的對視。因爲對方的假君子，背後是有政治力量的，你若一經示弱，對方就會用無論哪一種卑鄙的手段，來加你以壓迫。

「因而有一次，大學裏來請我講演，僞君子正在慶幸機會到了，可以羅織成罪我的證據。但我卻不忙不迫的講了些魏晉人的風度之類，而對於時局和政治，一個字也不曾提起。」

在廣州閒住了半年之後，對方的注意力有點鬆懈了，就是對方的雄雞，堅忍力有點不能支持了；他就迅速地整理行囊，乘其不備，而離開了廣州。

人雖則離開了，但對於代表惡勢力而和他反對的人，他卻始終不會忘記。所以，他的文章裏，無論在哪一篇，只教用得上去的話，他總不肯放鬆一著，老會把這代表惡勢力的敵人押解出來示眾。

對於這一點，我也曾再三的勸他過，勸他不要上當。因爲有許多無理取鬧，來攻擊他的人，都想利用了他來成名。實際上，這一個文壇登龍術，是屢試屢驗的法門；過去曾經有不少的青年，因攻擊魯迅而成了名的。但他的解釋，卻很徹底。他說：

「他們的目的，我當然明瞭。但我的反攻，卻有兩種意思。第一，是正可以因此而成全了他們；第二，是也因爲了他們，而真理愈得闡發。他們的成名，是煙火似地一時的現象，但真理卻是永久的。」

他在上海住下之後，這些攻擊他的青年，愈來愈多了。最初，是高長虹等，其次是太陽社的錢杏邨等，後來則有創造社的葉靈鳳等。他對於這些人的攻擊，都三倍四倍地給予了反攻，他的雜文的光輝，也正因了這些不斷的搏鬥而增加了熟練與光輝。他的全集的十分之六七，是這種搏鬥的火花，成績俱在，在這裏可以不必再說。

此外還有些並不對他攻擊，而亦受了他的筆伐的人，如張若谷、曾今可等；他對於他們，在酒興濃溢的時候，老笑著對我說：

「我對他們也並沒有什麼仇。但因爲他們是代表惡勢力的緣故，所以我就做了堂·克蓄德，而他們卻做了活的風車。」

關於堂·克蓄德這一名詞，也是錢杏邨他們奉贈給他的。他對這名詞並不嫌惡，反而是很喜歡的樣子。同樣在有一時候，葉靈鳳引用了蘇俄讖高爾基的畫來罵他，說他是「陰陽面的老人」，他也時常笑著說：「他們比得我太大了，我只恐怕承當不起。」

創造社和魯迅的糾葛，係開始在成仿吾的一篇批評，後來一直地繼續到了創造社的被封時爲止。

魯迅對創造社，雖則也時常有譏諷的言語，散發在各雜文裏；但根底卻並沒有惡感。他到廣州去之先，就有意和我們結成一條戰線，來和反動勢力抗抗的；這一段經過，恐怕只有我和魯迅及景宋女士三人知道。

至於我個人與魯迅的交誼呢，一則因係同鄉，二則因所處的時代，所看的書，和所與交遊的友人，都是同一類屬的緣故，始終沒有和他發生過衝突。

後來，創造社因被王獨清挑撥離間，分成了派別，我因一時感情作用，和創造社脫離了關係，在當時，一批幼稚病的創造社同志，都受了王獨清等的煽動，與太陽社聯合起來攻擊魯迅，但我卻始終以爲他們的行動是越出了常軌，所以才和他計畫出了《奔流》這一個雜誌。《奔流》的出版，並不是想和他們對抗，用意是在想介紹些真正的革命文藝的理論和作品，把那些犯幼稚病的左傾青年，稍稍糾正一點過來。

當編《奔流》的這一段時期，我以爲是魯迅的一生之中，對中國文藝影響最大的一個轉變時期。

在這一年當中，魯迅的介紹左翼文藝的正確理論的一步工作，才開始立下了系統。而他的後半生的工作的綱領，差不多全是在這一個時期裏定下來的。

當時在上海負責在做秘密工作的幾位同志，大抵都是在我靜安寺路的寓居裏進出的人；左翼作家聯盟，和魯迅的結合，實際上是我做的媒介。不過，左翼成立之後，我卻並不願意參加，原因是因爲我的個性是不適合於這些工作的，我對於我自己，認識得很清，決不願擔負一個空名，而不去做實際的事務；所以，左聯成立之後，我就在一月之內，對他們公然的宣布了辭職。

但是暗中站在超然的地位，爲左聯及各工作者的幫忙，也著實不少。除來不及營救，已被他們殺死的許多青年不計外，在龍華，在租界捕房被拘去的許多作家，或則減刑，或則拒絕引渡，或則當時釋放等案件，我現在還記得起來的，當不只十件八件的少數。

魯迅的熱心於提拔青年的一件事情，是大家在說的。但他的因此而受痛苦之深刻，卻外邊很少有人知道。像有些先受他的提拔，而後來卻用攻擊的方法以成自己的名的事情，還是彰明顯著的事實，而另外還有些「挑了一擔同情來到魯迅那裏，強迫他出很高的代價」的故事，外邊的人，卻大抵都不曉得了。在這裏，我只舉一個例：

在廣州的時候，有一位青年的學生，因平時被魯迅所感化而跟他到了上海。到了上海之後，魯迅當然也收留他一道住在景雲里那一所三層樓的弄堂房子裏。但這一位青年，誤解了魯迅的意思，以爲他沒有兒子——當時海嬰還沒有生——所以收留自己和他住下，大約總是想把自己當作他的兒子的意思。後來，他又去找了一位女朋友來同住，意思是爲魯迅當兒媳婦的。可是，兩人坐食在魯迅的家裏，零用衣飾之類，魯迅當然是供給不了的；於是這一位自定的魯迅的子嗣，就發生了很大的不滿，要求魯迅，一定要爲他謀一出路。

魯迅沒法子，就來找我，教我爲這青年去謀一職業，如報館校對，書局夥計之類；假使是真的找不到職業，那麼亦必須請一家書店或報館在名義上用他做事，而每月的薪水三四十元，當由魯迅自己拿出，由我轉交給這書局或報館，作爲月薪來發給。

這事我向當時的現代書局說了，已經說定是每月由書局和魯迅各拿出一半的錢來，使用這一位青年。但正當說好的時候，這一位青年卻和愛人脫離了魯迅而走了。

這一件事情，我記得章錫琛曾在魯迅去世的時候寫過一段短短的文章；但事實卻很複雜，使魯迅爲難了好幾個月。從這一回事情之後，魯迅就愛說「青年是挑了一擔同情來的」趣話。不過這僅僅是一例，此外，因同情青年的遭遇，而使他受到痛苦的事實還正多著哩！

民國十八年以後，因國共分家的結果，有許多青年，以及正義的鬥士，都無故而被犧牲了。此外，還有許多從事革命運動的青年，在南京，上海，以及長江流域的通都大邑裏，被捕的，正不知有多少。在上海專爲這些革命志士以及失業工人等救濟而設的一個團體，是共濟會。但這時候，這救濟會已經遭了當局之忌，不能公開工作了；所以弄成請了律師，也不能公然出庭，有了店鋪作保，也不能去向法庭請求保釋的局面。在這時候，帶有國際性的民權保障自由大同盟，才在孫夫人（宋慶齡女士）、蔡先生（孑民）等的領導之下，在上海成立了起來。魯迅和我，都是這自由大同盟的發起人，後來也連做了幾任的幹部，一直到南京的通緝令下來，楊杏佛被暗殺的時候爲止。

在這自由大同盟活動的期間，對於平常的集會，總不出席的魯迅，卻於每次開會時一定先期而到；並且對於事務是一向不善處置的魯迅，將分派給他的事務，也總辦得井井有條。從這裏，我們又可以看出，魯迅不僅是一個只會舞文弄墨的空頭文學家，對於實務，他原是也具有實際幹才的。說到了實務，我又不得不想起我們合編的那一個雜誌《奔流》——名義上，雖則是我和他合編的刊物，但關於校對，集稿，算發稿費等瑣碎的事務，完全是魯迅一個人效的勞。

他的做事務的精神，也可以從他的整理書齋，和校閱原稿等小事情上看得出來。一般和我們在同時做文字工作的人，在我所認識的中間，大抵十個有九個都是把書齋弄得亂雜無章的。而魯迅的書齋，卻在無論什麼時候，都整理得必清必楚。他的校對的稿子，以及他自己的文章，塗改當然是不免，但總繕寫得非常的清楚。

直到海嬰長大了，有時候老要跑到他的書齋裏去翻弄他的書本雜誌之類；當這樣的時候，我總看見他含著苦笑，對海嬰說：「你這小搗亂看好了沒有？」海嬰含笑走了的時候，他總是一邊談著笑話，一邊先把那些攪得零亂的書本子堆疊得好好，然後再來談天。

記得有一次，海嬰已經會得說話的時候了，我到他的書齋去的前一刻，海嬰正在那裏搗亂，翻看書裏的插畫。我去的時候，書本子還沒有理好。魯迅一見著我，就大笑著說：「海嬰這小搗亂，他問我幾時死；他的意思是我死了之後，這些書本都應該歸他的。」

魯迅的開懷大笑，我記得要以這一次為最興高采烈。聽這話的我，一邊雖也在高笑，但暗地裏一想到了「死」這一個定命，心裏總不免有點難過。尤其是像魯迅這樣的人，我平時總不會把死和他聯合起來想在一道。就是他自己，以及在旁邊也在高笑的景宋女士，在當時當然也對於死這一個觀念的極微細的實感都沒有的。

這事情，大約是在他去世之前的兩三年的時候；到了他死之後，在萬國殯儀館成殮出殯的上午，我一面看到了他的遺容，一面又看見海嬰仍是若無其事地在人前穿了小小的喪服在那裏快快樂樂地跑，我的心真有點兒絞得難耐。

魯迅的著作的出版者，誰也知道是北新書局。北新書局的創始人李小峰是北大魯迅的學生；因爲孫伏園從《晨報副刊》出來之後，和魯迅、啓明及語堂等，開始經營《語絲》之發行，當時還沒有畢業的李小峰，就做了《語絲》的發行兼管理印刷的出版業者。

北新書局從北平分到上海，大事擴張的時候，所靠的也是魯迅的幾本著作。

後來一年一年的過去，魯迅的著作也一年一年地多起來了，北新和魯迅之間的版稅交涉，當然成了一個很大的問題。

北新對著作者，平時總只含混地說，每月致送幾百元版稅，到了三節，便開一清單來報賬的。但一則他的每月致送的款項，老要拖欠，再則所報之賬，往往不十分清爽。

後來，北新對魯迅及其他的著作人，簡直連月款也不提，結賬也不算了。靠版稅在上海維持生活的魯迅，一時當然也破除了情面，請律師和北新提起了清算版稅的訴訟。

照北新開給魯迅的舊帳單等來計算，在魯迅去世的前六七年，早該積欠有兩三萬元了。這訴訟，當然是魯迅的勝利，因爲欠債還錢，是古今中外一定不易的自然法律。北新看到了這一點，就四處的托人向魯迅講情，要請他不必提起訴訟，大家來設法談判。

當時我在杭州小住，打算把一部不曾寫了的《蜃樓》寫它完來。但住不上幾天，北新就有電報來了，催我速回上海，爲這事盡一點力。

後來經過幾次的交涉，魯迅答應把訴訟暫時不提，而北新亦願意按月攤還積欠兩萬餘元，分十個月還了；新欠則每月致送四百元，決不食言。

這一場事情，總算是這樣的解決了；但在事情解決，北新請大家吃飯的那一天晚上，魯迅和林語堂兩人，卻因誤解而起了正面的衝突。

衝突的原因，是在一個不在場的第三者，也是魯迅的學生，當時也在經營出版事業的某君。北新方面，滿以爲這一次魯迅的提起訴訟，完全係出於這同行第三者的挑撥。而忠厚誠實的林語堂，於席間偶爾提起了這一個人的名字。

魯迅那時，大約也有了一點酒意，一半也疑心語堂在責備這第三者的話，是對魯迅的諷刺；所以臉色變青，從座位裏站了起來，大聲的說：

「我要聲明！我要聲明！」

他的聲明，大約是聲明並非由這第三者的某君挑撥的。語堂當然也要聲辯他所講的話，並非是對魯迅的諷刺；兩人針鋒相對，形勢真弄得非常的險惡。

在這席間，當然只有我起來做和事佬；一面按住魯迅坐下，一面我就拉了語堂和他的夫人，走下了樓。

這事當然是兩方的誤解，後來魯迅原也明白了；他和語堂之間，是有過一次和解的。可是到了他去世之前年，又因爲勸語堂多翻譯一點西洋古典文學到中國來，而語堂說這是老年人做的工作之故，而各起了反感。但這當然也是誤解，當魯迅去世的消息傳到當時寄居在美國的語堂耳裏的時候，語堂是曾有極悲痛的唁電發來的。

魯迅住的景雲里那一所房子，是在北四川路盡頭的西面，去虹口花園很近的地方。因而去狄思威路北的內山書店亦只有幾百步路。

書店主人內山完造，在中國先則賣藥，後則經營販賣書籍，前後總已有了二十幾年的歷史。他生活很簡單，懂得生意經，並且也染上了中國人的習氣，喜歡講交情。因此，我們這一批在日本住久的人在上海，總老喜歡到他店裏去坐坐談談；魯迅於在上海住下之後，也就是這內山書店的常客之一。

「一二八」滬戰發生，魯迅住的那一個地方，去天通庵只有一箭之路，交戰的第二日，我們就在擔心著魯迅一家的安危。到了第三日，並且謠言更多了，說和魯迅同住的他三弟巢峰（周建人）被敵憲兵毆傷了；但就在這一個下午，我卻在四川路橋南，內山書店的一家分店的樓上，會到了魯迅。

他那時也聽到了這謠傳了，並且還在報上看見了我尋他和其他幾位住在北四川路的友人的啓事。他在這兵荒馬亂之間，也依然不消失他那種幽默的微笑；講到巢峰被毆傷的那一段謠言的時候，還加上了許多我們所不曾聽見過的新鮮資料，證明一般空閒人的喜歡造謠生事，樂禍幸災。

在這中間，我們就開始了向全世界文化人呼籲，出刊物公布暴敵獰惡侵略者面目的工作，魯迅當然也是簽名者之一；他的實際參加聯合抗敵的行動，和一班左翼作家的接近，實際上是從這一個時期開始的。

「一二八」戰事過後，他從景雲里搬了出來，住在內山書店斜對面的一家大廈的三層樓上；租金比較得貴，生活方式也比較得奢侈，因而一般平時要想尋出一點弱點來攻擊他的人，就又像是發掘得了至寶。

但他在那裏住得也並不久，到了南京的秘密通緝令下來，上海的反動空氣很濃厚的時候，他卻搬上了內山書店的北面，新造好的大陸新村（四達里對面）的六十幾號房屋去住了。在這裏，一直住到了他去世的時候爲止。

南京的秘密通緝令，列名者共有六十幾個，多半與民權保障自由大同盟有關的文化人。而這通緝案的呈請者，卻是在杭州的浙江省黨部的諸先生。

說起杭州，魯迅絕端的厭惡；這通緝案的呈請者們，原是使他厭惡的原因之一，而對於山水的愛好，別有見解，也是他厭惡杭州的一個原因。

有一年夏天，他曾同許欽文到杭州去玩過一次；但因湖上的悶熱，蚊子的眾多，飲水的不潔等關係，他在旅館裏一晚沒有睡覺，第二天就逃回上海來了。自從這一回之後，他每聽見人提起杭州，就要搖頭。

後來，我搬到杭州去住的時候，也曾寫過一首詩送我，頭一句就是「錢王登遐仍如在」；這詩的意思，他曾同我說過，指的是杭州黨政諸人的無理的高壓。他從五代時的記錄裏，曾看到過錢武肅王的時候，浙江老百姓被壓榨得連褲子都沒有穿，不得不以磚瓦來遮蓋下體。這事不知是出在哪一部書裏，我到現在也還沒有查到，但他的那句詩的原意，卻就係此而言。我因不聽他的忠告，終於搬到杭州去住了，結果竟不出他之所料，被一位黨部的先生，弄得家破人亡；這一位吃黨飯出身，積私財至數百萬，曾經呈請南京中央黨部通緝我們的先生，對我竟做出了比敵人對待我們老百姓還更兇惡的事情，而且還是在這一次的抗戰軍興之後。我現在雖則已遠離祖國，再也受不到他的姦淫殘害的毒爪了；但現在仍還在執掌以禮義廉恥爲信條的教育大權的這一位先生，聽說近來因天高皇帝遠，渾水好撈魚之故，更加加重了他對老百姓的這一種遠溢過錢武肅王的德政。

魯迅不但對於杭州沒有好感，就是對他出身地的紹興，也似乎並沒有什麼依依不捨的懷戀。這可從有一次他的談話裏看得出來。是他在上海住下不久的時候，有一回我們談起了前兩天剛見過面的孫伏園。他問我伏園住在哪裏，我說，他已經回紹興去了，大約總不久就會出來的。魯迅言下就笑著說：「伏園的回紹興，實在也很可觀！」他的意思，當然是紹興又憑什麼值得這樣的頻頻回去。

所以從他到上海之後，一直到他去世的時候爲止，他只匆匆地上杭州去住了一夜，而絕沒有回去過紹興一次。

預言者每不爲其故國所容，我於魯迅更覺得這一句格言的確鑿。各地黨部的對待魯迅，自從浙江黨部發動了那大彈劾案之後，似乎態度都是一致的。抗戰前一年的冬天，我路過廈門，當時有許多廈大同學曾來看我，談後就說到了廈大門前，經過南普陀的那一條大道，他們想呈請市政府改名「魯迅路」以資紀念。並且說，這事已經由魯迅紀念會（主其事的是廈門星光日報社長胡資周及記者們與廈大學生代表等人）呈請過好幾次了，但都被擱置著不批下來。我因爲和當時的廈門市長及工務局長等都是朋友，所以就答應他們說這事一定可以辦到。但後來去市長那裏一查問，才知道又是黨部在那裏反對，絕對不准人們紀念魯迅。這事情，後來我又同陳主席說了，陳主席當然是表示贊同的。可是，這事還沒有辦理完成，而抗戰軍興，現在並且連廈門這一塊土地，也已經淪陷了一年多了。

自從我搬到杭州去住下之後，和他見面的機會，就少了下去，但每一次我上上海去的中間，無論如何忙，我總抽出一點時間來去和他談談，或和他吃一次飯。

而上海的各書店，雜誌編輯者，報館之類，要想拉魯迅的稿子的時候，也總是要我到上海去和魯迅交涉的回數多，譬如，黎烈文初編《自由談》的時候，我就和魯迅說，我們一定要維持它，因爲在中國最老不過的《申報》，也曉得要用新文學了，就是新文學的勝利。所以，魯迅當時也很起勁，《僞自由書》、《花邊文學》集裏許多短稿，就是這時候的作品。在起初，他的稿子就是由我轉交的。

此外，像良友書店，天馬書店，以及生活出的《文學》雜誌之類，對魯迅的稿件，開頭大抵都是由我為他們拉攏的。尤其是當魯迅對編輯者們發脾氣的時候。做好做歹，仍復替他們調停和解這一角色，總是由我來擔當。所以，在杭州住下的兩三年中，光是為了魯迅之故，而跑上海的事情，前後總也有了好多次。

在他去世的前一年春天，我到了福建，和他見面的機會更加少了。但記得就在他作故的前兩個月，我回上海，他曾告訴了我以他的病狀，說醫生說他的肺不對，他想於秋天到日本去療養，問我也能夠同去不能。我在那時候，也正在想去久別了的日本一次，看看他們最近的社會狀態，所以也輕輕談到了同去嵐山看紅葉的事。可是從此一別，就再沒有和他作長談的幸運了。

關於魯迅的回憶，枝枝節節，另外也正還多著；可是他給我的信件之類，有許多已在搬回杭州去之先燒了，有幾封在上海北新書局裏存著，現在又沒有日記在手頭，所以就在這裏，先暫擱筆，以後若有機會，或許再寫也說不定。

# 再見王瑩

前天在吉隆玻，就聽見人說，王瑩女士，也許會在這一兩天內到新加坡來。昨晚自蔴六甲回來，在珍珠巴刹吃過晚飯後，又聽一位同事說，王瑩女士來了，就住在南天的二樓。

同家人等上南天去一看，王瑩女士果然在那裏，同時還有許多同業者，也在她的那間房間裏訪問她。和她又有一年多時間的不見，王瑩女士，卻又老成了許多。女子的進步，的確比我們男子來得快，尤其是像在王瑩女士的那一個年齡的時代。

我在上海，初次見到她的時候，她還是一個十四五歲的小姑娘，以後聽見她去日本念了書，回來後，也曾上過銀幕，寫過劇本，演過話劇。

去年夏天，大家流亡到了武漢，記得她也在孜孜不倦地研究劇藝。思爲祖國當這一個危難時期，盡她的一份力量。我在武漢過的五六個月光陰，正像是一場大夢，上戰線去跑的時日，比安居在武昌寓裏的時間還要多。可是每次從前方回來，渡江到漢口去的時候，總有機會，和王瑩女士相見，尤其是在美的咖啡店的冷氣裝置的客廳裏，我們談的那些，關於文藝，關於祖國前途的話，現在回想起來，真像是隔世的事情。

其後王瑩女士，上了前線，我亦轉轉如蓬，從東戰場而出閩粵，再一帆遠渡，來到了南洋。在南天旅舍，和她的這一次的忽漫相逢，雖則時間只隔了一年，但因爲在這一年之內，國事家事的變化太多了，身世悠悠，真有點「乍見翻疑夢，相悲各問年」的感覺。

王瑩女士是長成了，她的政治見解，她的文藝修養，以及她的閱世經驗，在這抗戰的兩年零三個月裏，真有了驚人的進步。我不敢再以從前對一位嬌羞的小姑娘那樣的態度對她了。她在這一個大時代裏，已經找出了她自己所應走的路，而且也已經盡了她國民一分子所應盡的責。

她的此來，是為求藝術的深造，一面原為遊歷，一面也想對她所已得的經驗學識，再加以鍛鍊的。這一種精進不已的精神，在一個青年女子的身上發見的時候，真是如何可以使人興奮的一件事情。正如一位西洋的記者所說的一樣，中國在抗戰中，全民族都進了步，尤其是民族中間的一半的女子們。

王瑩女士，在馬來亞總還有相當時間的停留，她或者將上各處去觀光，或者也將和此間的文化人研求現代的劇藝和文學，我正在這裏刮目相待，正等著看她的第二次的躍進。

# 悼胞兄曼陀

長兄曼陀，名華，長於我一十二歲，同生肖，自先父棄養後，對我實係兄而又兼父職的長輩，去年十一月廿三，因忠於職守，對賣國汪黨，毫不容情，在滬特區法院執法如山，終被狙擊於其寓外。這消息，早就在中外各報上登過一時了。最近接得滬上各團體及各聞人發起之追悼大會的報告，才知公道自在人心，是非必有正論。他們要盛大追悼正直的人，亦即是消極警告那些邪曲的人的意思。追悼會，將於三月廿四日，在上海湖社舉行。我身居海外，當然不能親往祭奠，所以只能撰一哀挽聯語，遙寄春申江上，略表哀思。（**天壤薄王郎，節見窮時，各有清名聞海內；乾坤扶正氣，神傷雨夜，好憑血債索遼東。**）

溯自胞兄殉國之後，上海香港各雜誌及報社的友人，都來要我寫些關於他的悲悼或回憶的文字，但說也奇怪，直到現在，仍不能下一執筆的決心。我自己推想這心理的究竟，也不能夠明白的說出。或者因爲身居熱帶，頭腦昏脹，不適合於作抒情述德的長文，也未可知。但一最可靠的解釋，則實因這一次的敵寇來侵，殉國殉職的志士仁人太多了，對於個人的情感，似乎不便誇張，執著，當是事實上的主因。反過來說，就是個人主義的血族情感，在我的心裏，漸漸的減了，似乎在向民族國家的大範圍的情感一方面轉向。

情感擴大之後，在質的一方面，會變得稀薄一點，而在量的一方面，同時會得增大，自是必然的趨勢。

譬如，當故鄉淪陷之日，我生身的老母，亦同長兄一樣，因不肯離去故土而被殺；當時我還在祖國的福州，接得噩耗之日，亦只痛哭了一場，設靈遙祭了一番，而終於沒有心情來撰文以志痛。

從我個人的這小小心理變遷來下判斷，則這一次敵寇的來侵，影響及於一般國民的感情轉變的力量，實在是很大很大。自私的，執著於小我的那一種情感，至少至少，在中國各淪陷地同胞的心裏，我想，是可以一掃而光了。就單從這一方面來說，也可以算是這一次我們抗戰的一大收穫。

現在，閒談暫且擱起，再來說一說長兄的歷史性行吧。長兄所習的雖是法律，畢生從事的，雖係乾燥的刑法判例；但他的天性，卻是傾向於藝術的。他閒時作淡墨山水，很有我們鄉賢董文恪公的氣派，而寫下來的詩，則又細膩工穩，有些似晚唐，有些像北宋人的名句。他的畫集，詩集，雖則分量不多，已在香港上海製版趕印了。大約在追悼會開催之日，總可以與世人見面，當能證明我這話的並非自誇。至於他行事的不苟，接人待物的富有長者的溫厚之風，則凡和他接近過的人，都能夠說述，我也可以不必誇張，致墮入諛墓銘旌的常套。在這裏，我只想略記一下他的歷史。

他生在前清光緒十年的甲申，十七歲就以府道試第一名入學，補博士弟子員。當廢科舉改學堂的第一期裏，他就入杭府中學。畢業後，應留學生考試，受官費保送去日本留學，實係浙江派遣留學生的首批一百人中之一。在早稻田大學師範科畢業後，又改入法政大學，三年畢業，就在天津交涉公署任翻譯二年，其後考取法官，就一直的在京師高等審判廳任職。當許公俊人任司法部長時，升任大理院推事，又被派赴日本考察司法制度。一年回國，也就在大理院奉職。直到九一八事變起來之日，他還在瀋陽作大理院東北分院的庭長兼代分院長。東北淪亡，他一手整理案卷全部，載赴北平。上海租界的會審公堂，經接收過來以後，他就被任作臨時高等分院刑庭庭長，一直到他殉職之日爲止。

在這一個簡短的略歷裏，是看不出他的爲人正直，和臨難不苟的態度來的。可是最大的證明，卻是他那爲國家，爲民族的最後的一死。

鴻毛泰山等寬慰語，我這時不想再講，不過死者的遺志，卻總要我們未死者替他完成，就是如何的去向汪逆及侵略者算一次總賬！

# 敬悼許地山先生

我和許地山先生的交誼並不深，所以想述說一點兩人間的往來，材料卻是很少。不過許先生的爲人，他的治學精神，以及抗戰事起後，他的爲國家民族盡瘁服役的諸種勞績，我是無時無地不在佩服的。

我第一次和他見面，是創造社初在上海出刊物的時候，記得是一個秋天的薄暮。那時候他新從北京（那時還未改北平）南下，似乎是剛在燕大畢業之後。他的一篇小說《命命鳥》，已在《小說月報》上發表了，大家對他都奉呈了最滿意的好評。他是寄寓在閘北寶山路，商務印書館編輯所近旁的鄭振鐸先生的家裏的。

當時，郭沫若、成仿吾兩位，和我是住在哈同路，我們和小說月報社在文學的主張上，雖則不合，有時也曾作過筆戰，可是我們對他們的交誼，卻仍舊是很好的。所以當工作的暇日，我們也時常往來，作些閒談。

在這一個短短的時期裏，我與許先生有了好幾次的會晤；但他在那一個時候，還不脫一種孩稚的頑皮氣，老是講不上幾句話後，就去找小孩子拋皮球，踢毽子去了。我對他當時的這一種小孩子脾氣，覺得很是奇怪；可是後來聽老舍他們談起了他，才知道這一種天真的性格，他就一直保持著不曾改過。

這已經是約近二十年以前的事情了。其後，他去美國，去英國，去印度。回來後，他在燕大，我在北大教書。偶爾在集會上，也時時有了幾次見面的機會，不過終於因兩校地點的遠隔，我和他記不起有什麼特殊的同遊或會談的事情。

況且，自民國十四年以後，我就離開了北京，到武昌大學去教書了；雖則在其間也時時回到北京去小住，可是留京的時間總是很短，故而終於也沒有和他更接近一步的機會。

其後的十餘年，我的生活，因種種環境的關係，陷入了一個絕不規則的歷程，和這些舊日的朋友簡直是斷絕了往來。所以一直到接許先生的訃告爲止，我卻想不起是在什麼地方，和他握過最後的一次手。因爲這一次過香港而來星洲時，明明是知道他在港大教書，但因爲船期促迫，想去一訪而終未果。於是，我就永久失去了和他作深談的機會了。

對於他的身世，他的學殖，他的爲國家盡力之處，論述的人，已經是很多了，我在此地不想再說。我想特別一提的，是對於他的創作天才的敬佩。他的初期的作品，富於浪漫主義的色彩，是大家所熟知的；但到了最近，他的作風，竟一變而爲蒼勁堅實的寫實主義，卻很少有人說起。

他的一篇抗戰以後所寫的小說，叫作《鐵魚的鰓》，實在是這一傾向的代表作品，我在《華僑週報》的初幾期上，特地爲他轉載的原因，就是想對我們散處在南島的諸位寫作者，示以一種模範的意思。像這樣堅實細緻的小說，不但是在中國的小說界不可多得，就是求之於一九四〇年的英美短篇小說界，也很少有可以和他比並的作品。但可惜他在這一方面的天才，竟爲他其他方面的學術所掩蔽，人家知道的不多，而他自己也很少有這一方面的作品。要說到因他之死，而中國文化界所蒙受的損失是很大的話，我想從短少了一位創作天才的一點來說，這損失將更是不容易塡補。

自己今年的年齡，也並不算老，但是回憶起來，對於追悼作故的友人的事情，似乎也覺得太多了。輩份老一點的，如曾孟樸、魯迅、蔡孑民、馬君武諸先生，稍長於我的，如蔣百里、張季鸞諸先生，同年輩的如徐志摩、滕若渠、蔣光慈的諸位，計算起來，在這十幾年的中間，哭過的友人，實在真也不少了。我往往在私自奇怪，近代中國的文人，何以一般總享不到八十以上的高齡？而外國的文人，如英國的哈代、俄國的托爾斯泰、法國的弗朗斯等，享壽都是在八十歲以上，這或者是和社會對文人的待遇有關的吧？我想在這一次追悼許地山先生的大會當中，提出一個口號來，要求一般社會，對文人的待遇，應該提高一點。因爲死後的千言萬語，總不及生前的一杯咖啡烏來得實際。

末了，我想把我的一副挽聯，抄在底下：

嗟月旦停評，伯牛有疾如斯，靈雨空山，君自涅槃登彼岸。

問人間何世，胡馬窺江未去，明珠漏網，我為家國惜遺才。

# 附錄

可憐我一生孤冷！
你看那鏡裏的名花，
又成了泡影！

——郁達夫

# 郁達夫：孤寂者的漂泊

李歐梵

郁達夫寫過一篇動人的小說《一個人在途上》，敘述了他幾天的生活。其實，這小說的題目正好用來形容他那短短四十九年的一生。郁達夫既是著名的文人，又是創造社的創辦人之一，他可以算是五四文學的代表人物。他那些自傳式小說，更是新文學運動收成中最早的一些果實，在當代讀者的腦海裏，留下了深刻的印象。郁達夫大多數的小說都只描述了自己，因此他進一步確立了那個首先由蘇曼殊所始創的傳統：作家的作品應能反映他的性情，表達他的行爲和生活作風。毫無疑問，郁達夫確是這一方面的倡導者。

雖然享有盛譽，郁達夫卻把自己看成是人生旅途上的孤寂者。這個看法只會導致悲劇收場，而結果也確是如此。他認爲自己在一生中的每一個階段都受苦，所以也就不斷地去描寫這些苦難。在他的前半生裏，他經常過著動蕩的生活——或用他慣用的字眼，就是漂泊——由一所學校轉到了另一所學校，由一種工作換至另一種工作，由嗜書到嗜酒，朋友變成了敵人，由一個城市移居另一城市，由一日到另一日，一年到另一年。大約四十歲左右，當他終於決定安定下來時，他的痛苦全沒有了，同時他的創作衝動和作品的影響力也沒有了。在他生命旅途的末段，他身在日本占領下的蘇門答臘，更被迫完全放棄了文學生命和自己的身分。

然而，郁達夫的一生是值得注意的，因爲在五四文學運動的舞臺上，他經歷了縱的歷史繼承和橫的地理圖域。

## 從郁達夫自傳寫成的傳記：童年時代（1896-1913）

林語堂主編的《人間世》，從一九三四年十二月到一九三五年四月，連載了郁達夫自傳的片段。儘管這些片段並不完整，但其中卻包含了很多關於郁達夫童年和青少年時代的寶貴資料。

根據這些資料，郁達夫生於「光緒二十二年十一月初三的夜半」。①跟魯迅一樣，郁達夫在浙江富陽的老家在他出生時已經破落。郁達夫嬰孩時期，因爲營養不足而長年生病，「家中上下，竟被一條小生命而累得精疲力盡；到了我出生後第三年的春夏之交，父親也因此以病死。」②他守寡的母親每天都外出工作，兩位兄長又在遠處讀書，而他祖母則日夜「在動著那張沒有牙齒的扁嘴念佛念經」。③「在我這孤獨的童年裏，日日和我在一處，有時候也講些故事給我聽，有時候也因我脾氣的古怪而和我鬧，可是結果終究是非常疼愛我的，卻是一位忠心的使婢翠花。」④這有著一個可愛名字的翠花，比郁達夫大十歲。

郁達夫在回想童年生活時，總要提起那時候家境窮困。似乎郁達夫覺得他的孤寂、敏感和多愁善感，是直接因他那受盡貧窮所折磨的童年生活環境而產生的。貧窮帶來了疾病，疾病終於引致父親的死亡。他守寡的母親必須承擔父親的工作，但她卻常常受到親戚的欺凌，田地被他們盜賣，租穀也給偷走，結果只剩得年幼的郁達夫獨個兒面對外面的世界。正如他自己在中年時候憶述的一樣，孩童時代的郁達夫，因爲慣於孤寂，更受到貧窮的壓迫，已經變得羞怯、膽小和孤僻了。

郁達夫七歲進入私塾讀書。六年後，他轉往富陽一所新式小學堂。在全校學生中，郁達夫是「身體年齡，都屬於最小的一個。」⑤念完一年級後，年底的學業成績平均在八十分以上，可以跳過二年級，立刻升上三年級，這在當時的學校和家庭都引起了一場小風波。⑥在描述那裏的學校生活時，除了一小段有關他的同學學習英文文法之狂熱外，他並沒有多說他學了什麼東西。一九〇九年他畢業了，當時他十三歲，剛好進入青年時期。

跟著，郁達夫由富陽乘船到杭州。這是他第一次的離家遠行。剛到達杭州後，他便很輕易地考進了杭州中等學堂。但他很快便把錢花光在上酒樓和遊覽上，只好轉往嘉興一所收費較便宜的學校。他在那裏過了半年，很是孤寂，而且滿懷鄉愁，只有借看書和寫詩來消愁解悶。當時，他受三本書的影響很大：一本是吳偉業（別字梅村，1606–1672）的詩集；另一本是由一位不知名作家所編寫的有關義和團的書；還有一本是《普天忠憤集》，⑦收集了很多甲午戰爭期間的奏章議論，詩詞賦頌等。他看完這些書後的感想，顯露出他的英雄抱負：「我恨我出世得太遲了，前既不能兒吳梅村那樣的詩人，和他去做個朋友；後又不曾躬奉著甲午庚子的兩次大難，去衝鋒陷陣地嘗一嘗打仗的滋味。」⑧

根據另一些資料，郁達夫在小學時已讀過《四史》和唐詩；小學畢業那年的夏天，又讀了《紅樓夢》和《六才子書》。進了中學後，他首先接觸到的是兩部當時很流行的文言小說：《西湖佳話》和《花月痕》。⑨由此可見，郁達夫對文學的感性，大部分是從中國古典文學中培育出來的。除《紅樓夢》外，這幾部書都算不上一流的文學作品。然而，它們卻能令郁達夫輕易學會怎樣去描寫那些本質上傳統但表面是頹廢和衰落的背景中的傳統人物。

在嘉興旅居了大約半年後，郁達夫回到杭州的第一中等學堂，其時約爲一九〇九年底到一九一〇年初。面對著那些從城市富家而來的紈袴子弟，還有他所憎惡的同性戀行爲（**郭沫若在中學時期也曾沉迷於此**），郁達夫再次以書本和詩歌來逃避這一切。⑩他開始讀元清的雜劇傳奇，而且也寫了一些詩詞，投寄報館。

當他的詩詞作品越來越多地在報刊上發表時，郁達夫深信自己的中文程度已超越了同學，再不需要和他們一起以普通的步伐學習。但由於科學在當時不受重視，他決定專心研習英文。他轉入了一所由美國長老會分會開辦的教會學校，⑪但不久又對那些祈禱儀式感到厭惡，捲入了學生運動中。那些學生運動的方式大抵都是一樣的：首先，因爲一些瑣碎的爭執，全體學生宣布罷課，跟著其中幾個「背叛者」變節，轉投校方，跟著是學校復課和幾個「強硬者」被開除。這次學生運動的導火線是一個廚子毆打了一名不信教的學生。郁達夫則是其中的一個「強硬者」。結果，在入學後兩個月他就被開除了。但當時教會學校間的競爭很大，郁達夫便被一所浸信會的學堂像義士般地迎了進去。⑫

但不久他又對於教會學校的教育意義感到失望。一九一一年初，他索性退學，在家中自修。他當時只有十五歲，卻擬定了一個緊湊的學習時間表來律戒自己：早餐前讀一小時英文，早餐後到正午讀中國古典書籍（主要是兩部唐宋詩集和司馬光的《資治通鑑》），下午讀科學著述，溫習完後便到野外散步。⑬

可是，郁達夫的自傳並沒有提及他在這些年間（一九一一至一九一二年）在日記上寫的詩，其中一首是有著《西湖佳話》風格的敘述詩；⑭他甚至寫過一些小說，幻想自己是多情的英雄，愛上鄰居兩位有貴族血統的富家女兒。憑藉豐富的想像力，他將故鄉周圍的環境寫成了優美的田園詩篇。有些時候，他也會因一時衝動而將這些小說翻譯成簡單的英文。

爲了關心那熾熱的時事，他訂閱了一份上海的報刊。當他看到廣州起義、四川保路工潮和最後在武昌爆發的革命時，他只能將他的熱烈的興奮的感情宣洩在紙上。他很不耐煩地等待著革命來臨他的鄉城。「終於有一天隱寒的下午，從杭州有幾隻張著白旗的船到了，江邊上岸來了幾十個穿灰色制服、荷槍實彈的兵士。縣城裏的知縣，已於先一日逃走了……商會的巨頭，紳士中的幾個有聲望的……聯合起來出了一張告示，開了一次歡迎那幾位穿灰色制服的兵士的會。」⑮這樣，革命就來了富陽，但年輕的郁達夫卻不能參加：「在書齋裏只想去衝鋒陷陣，參加戰鬥，爲眾捨身，爲國效力的我這一個革命志士，際遇著了這樣的機會，卻也終於沒有一點作爲，只待在大風圈外，捏緊了空拳頭，滴了幾滴悲壯的旁觀者啞淚而已。」⑯

這些自傳所描述的主題似乎是有關一個「畸零人」，郁達夫很喜歡屠格涅夫，尤其是他的《畸零人日記》（*The Diary of A Super fluous Man*），他的悲劇是來自不爲世用，並且不受人重視。郁達夫認爲他是被人生所遺棄了：首先是被父親所遺棄，因爲他很早便去世了；跟著是被母親所遺棄，因爲她時常不在家；再後是跟同學們合不來，因爲他深惡他們的浮華行爲；最後，他更被歷史所遺棄，這完全確立了他那「畸零人」的地位。當他感覺受到一切外物所排斥時，他便轉而凝視自己的內心去，以小說來解剖自己。

郁達夫的自傳也是一份感情的記錄。他豐富的熱情和他感情用事的性格，一部分是他那敏感天性的自然發展，另外也是受到他學生時代所讀過的古典浪漫小說所影響。那時代，感情力量的覺醒似乎是成熟時期的普遍現象，但郁達夫跟一些當代的人卻有點不同的地方：他中學時期並沒有讀過林紓所翻譯的外國小說。他在創作生活的回顧中，清楚表示了這一點，⑰並說林紓的翻譯和「禮拜六派」的作品一樣，同是劣等和下品的。當時代在變化，而中國在急劇顛簸地推行洋務維新時，郁達夫的思想始終是保守的。直到他身居日本時，他才開始顯出一些「洋化」的外表和接受了西方文學的影響。

## 留學日本的生活和性苦悶（1914-1922）

辛亥革命後兩年，在一九一三年九月，郁達夫隨同長兄往日本。他的長兄由民國政府派往日本，考察當地的法政，⑱一直逗留到一九一四年的夏天，等郁達夫考進了東京第一高等學校的預備班才回國。一九一四年的秋天，郁達夫十八歲，又猛然發覺自己隻身棲留異地。

跟五十和六十年代的美國一樣，日本在本世紀的頭十年是中國學生的樂土。清廷在最後掙扎求存的「維新運動」中，每年選派數以百計的學生往日本，民國政府初期的情況也一樣。除了這些公費生外，還有更多的私費中國學生。他們大部分都是富家子弟，為了逃避國內的政治風暴而跑來日本的。日本政府為這些學生盡了一切的安排：日語速成班，政府生預備班（如郁達夫所上的這一種），甚至在一些學校為富家子弟開設較容易的特別課程。不少中國青年就是這時候在日本全面地接觸到外國思想、習俗，還有日本女人。那些招徠中國顧客的賓館，通常是由窮苦家庭開設的，而年老的房東太太又多有個女兒。那裏還有很多的妓院、酒樓、茶館，為那些稍為遲熟的年輕人提供了無窮無盡的肉欲誘惑。中日兩國政府為這班年輕的中國知識精英製造了一個奇妙的世界。他們一方面仍然為自己的新經驗所眩惑，另一方面又開始為自己的未來仔細盤算。

日本有五所高等學校是設有中國政府的獎學金的；只要那些中國學生被這些學校錄取，這些獎學金便會提供全部費用，其中的一所就是郁達夫所考進、而且還在那裏認識了郭沫若的東京第一高等學校。⑲學校課程分成三組：人文學科和社會科學、自然科學和工程、醫科。郁達夫最初是選修第一組的，但也許是由於兄長的勸告吧，他很快便轉入第三組。⑳完成了第一年的預備課程後，他在一九一五年轉往名古屋第六高等學校，最初主修自然科學，但一年後又轉修人文學科。在完成了三年的中學教育後，郁達夫考進了東京帝國大學的經濟系，一九二二年畢業。

郁達夫在這重要時刻的生活，我們知道得不多。根據他自己的敘述，我們知道他與魯迅及其他人一樣，最初是被西方的科學所吸引了：「我開始明白了近代科學——不問是形而上或是形而下——的偉大和湛深。」㉑但他的興趣很快便轉向西方文學去。他在名古屋讀中學時，看了超過一千部俄國、法國、英國、德國和日本的小說，㉒相信全部都是日文譯本。就像一九一九年一樣，他寫了一些舊體詩，投寄報館；他也嘗試寫過一篇小說，內容是關於中國學生和日本女子的愛情故事。㉓事實上，他念大學時的興趣越來越轉向文藝創作，其成果是一部由三篇小說合成的集子《沉淪》，在中國的新文壇帶來了一場風波。

由此可見，郁達夫的後青春期是在日本的學校和西方的書本中度過的。根據埃里克遜（Erik H. Erikson）心理學，自我認定和自我混淆的問題在這時候支配了整個性格的發展，這是一個停滯期，青年人爲了要認定自己生命的作用，往往會憑藉過去的經驗來摸索未來。㉔郁達夫之在三年內轉修主科三次，顯示出他自我混淆的程度是多嚴重。雖然他終於念完了經濟科，回國後也曾教過經濟學，但最後他主要的工作還是在文學方面。在選擇職業時那麼混亂和經常轉變（**在中國這本來是很平常的**），更顯示了他在這個過渡期的不安，亦在郁達夫敏感的心靈上構成了困惑。

郁達夫以「憂鬱症」一詞來形容他在日本時的心境：「與夫所感所思，所經所歷的一切，剔括起來沒有一點不是失望，沒有一處不是憂傷。」㉕他指出這種「憂鬱症」乃是來自他惱亂的心靈的，而這惱亂是和「男女兩性間的種種牽引」及「中國在國際地位衰落所產生的恥辱」有關。㉖

由青年而長爲成人的發展，「性」是精神和肉體自然發育的一部分。但在郁達夫的情形，值得注意的是他在性事方面的醒覺是在外國與外國女子發生的。那裏的雜誌上半裸女優的照片，報紙上有關豔聞的大膽描寫，自然主義派作家的坦白暴露，以及在公共汽車和電車上所遇到無數的女學生㉗——對於一個敏感的青年人來說，這些誘惑實在是太大了。

根據郁達夫自己的敘述，他第一次性經驗是發生在一九一五年至一九一六年冬天的一個下午，他剛完成了在第六高等學校的第一個學期，學校的考試完了，天下著雪，他跳上了一部去東京的火車，喝了數小瓶米酒，在一個小車站下車：「受了龜兒鴇母的一陣歡迎，選定了一個肥而高壯的花魁賣婦……於狂歌大飲之餘，我竟然把我的童貞破了。」翌日早晨醒來時，他極之懊悔：「太不值得了，太不值得了！我的理想，我的遠志，我的對國家的抱負的熱情，現在還有些什麼，還有些什麼呢？」㉘

我們應該怎樣去解釋郁達夫對性事方面時常抱有的這種過分自咎的心理？夏志清指出：「我們可以從那支配了他教育的儒家倫理學說去理解郁達夫的自咎和懊悔心理。即使他只是偶然地去追求愛情時，郁達夫和他小說中的他我，也時常敏感地覺得自己未盡兒子、丈夫和父親的責任。」㉙這個解釋也可用來說明郁達夫回到中國後對性事的態度。但另一方面，我們卻可以說：即使是在儒學的範疇裏，士人去妓院消遣，也是很平常的。而且，不論是否在追求愛情，郁達夫也時常會覺察到自己未盡兒子、丈夫和父親的責任。因此，他自咎感的根源，一定是和他在日本住過的經歷有關。

上面提過，郁達夫在日本留學時期的心理發展是屬於埃里克遜學說中的自我混淆階段。當他在科學和人文學科二者中轉來轉去，以尋求一份可以作爲他的專業時，他也將自己看成是身處於一個不同、而且歧視他的社會裏的中國人。「國民中的最大多數——大和民族，則老實不客氣，在態度上、言語上、舉動上，處處都直叫出來在說：『你們這些劣等民族，這國賤種，到我們這管理你們的大日本帝國來做甚麼！』」㉚

這實在是嚴重的創傷：當他感到肉體上的性欲需求時，他嘗試找尋自我的形式，竟是與異族的異性發生肉體的接觸。對一個鄙視他的國家的美麗少女無法抗拒——尤其是在妓院中完全屈服於她們的誘惑時——這種感覺一定是郁達夫所敏感到而又無法解決的心理困擾。因此，正如他的小說所描述的一樣：性、種族主義、愛國主義在他心底裏全都纏結在一起。

當這年輕的郁達夫在肥大的日本妓女懷中醒過來時，他的感覺就正如《沉淪》中的主角在故事結尾時那顧影自憐、自言自語的感受一樣。他們借醉酒和腐敗行爲來痲痹自己，但卻因爲受到另一種打擊而清醒起來：他痛苦地覺察到自己是身處異地，孤獨淒涼的中國人。所以，郁達夫在日本時期的愛國主義，純是屬於個人的和心理上的，而非如一些共產主義學者所說的是政治性和思想性的。㉛他對自己的國家感到悔咎，因為他對客居的國家產生了極大的矛盾心理。他被大和民族所「侮辱」，因而感到「絕望、悲悔、隱痛」，尤其是當他聽到那恥辱的字眼「支那」從「妙年少女的口裏被說出來」㉜的時候，但是，就正如酒徒一樣，他深深地愛上了外國的醇酒，而且在他的日本友人眼中，他已能真正地感受到日本的生活方式。㉝一九二二年他畢業考試合格而終於要離開日本時，這種矛盾的心境達到了最高峰。「十年久住的這海東的島國，把我那同玫瑰露似的青春消磨了的這異鄉的天地，我雖受了她的凌辱不少，我雖不願第二次使她來吻我的腳底，但是因為這厭惡的情太深了，到了將離的時候，我倒反而生起了一種不忍共她訣別的心來。」㉞

郁達夫故意延期離開，以便重遊舊地，「再次去揩拭我的迭次失敗了的浪漫史（Romance）的血跡。」一九二二年七月二十日，當輪船由神戶來到門司停泊時，他登岸去買了一份紀念品——並站在一間妓院的門前，「飽看了一回爛熟的肉體。」㉟他跟日本最後道別時說：「日本呀日本，我去了。我死了也不再回到你這裏來（**他後來並沒有遵守這諾言**），但是，我受了故國的壓迫，不得不自殺的時候，最後浮上我的腦子來的，怕就是你這島國哩！Ave Japan！我的前途正黑暗得很呢！」㊱

## 在中國的漂泊（1922-1925）

正當郁達夫重返故國，踏足上海，預備投身於新近創辦的《創造季刊》之際，文學研究會的勢力正如日中天，創造社受到苛刻的批評，尤其是郁達夫，更被稱為「肉欲描寫者」。㊲此外，那時候支持《創造季刊》和郭沫若的泰東書局老闆，又是以一種賜恩的慈善家態度對待他們，而雜誌的銷路也很令人沮喪：創刊號在兩三個月內，才僅僅銷去一千五百部。午夜裏，兩個悲憤的青年在上海的街道遊蕩：「沫若，」達夫叫道，「我們去喝酒去！」㊳

把手同行，他們從一間酒吧去到另一間酒吧，總共喝了超過三十瓶酒。最後，爛醉如泥，兩個孤寂的黑影在外國租界的街道上踉蹌回家。坐有外國人的汽車在身旁飛馳而過。跟著，他們開始詛咒外國人和外國資本主義。突然，郁達夫從人行道跑到馬路中心，舉手指向一部迎面而來的汽車，大聲叫道：「我要用手槍對付！」㊴

在上海一個月的遊蕩和酗酒，很快便令他不名一文。他只好接受郭沫若為他找到的工作：在安徽安慶一所法政學堂教授英文。在往安慶之前，他決定回到富陽的故居一行。為了路上的盤川，他押賣了結婚戒指。㊵早在一九二〇年他從日本回鄉度暑假時已經結了婚，和新娘子相敘了幾天，他又回到日本去。兩年後，這個倦遊的浪子回到家裏來了。

在日本受了八年流離屈辱之苦的郁達夫，回家後發覺自己又跟母親產生不和。母親的古老思想激怒了他。很明顯，做母親的當然希望自己的兒子衣錦榮歸。但是，她兒子回來時只帶著兩隻皮篋。他母親守寡多年，現在年紀大了，變得憤世嫉俗；而妻子卻被捲入那常有的婆媳糾紛，一方面丈夫忽略了她，另一方面婆婆又因她丈夫而討厭她。那一向溫順和服從的她，對於婆婆的責罵，也只能強忍和暗自流淚。

也許是因爲他讀了許多古典小說和詩歌，產生了一種敏感的緣故吧，郁達夫對於舊社會中的受害者有著極深厚的同情。基於這份同情心，郁達夫比他同期那一群叛逆者對於舊社會能有更深入的瞭解。他們認爲舊家庭制度全是罪惡的，因此，爲了要大膽反抗，他們便和傳統的一切完全切斷關係。但是，郁達夫卻因爲他的妻子而跟舊社會糾纏在一起，她的絕望和溫順令他湧出了一股熱情。他帶了她一起到安慶，在那裏生下了第一個兒子：幾天團聚種下的「煩惱的種子」。㊶在她懷孕的月份裏，脾氣暴躁的郁達夫總將在學校受到一切積聚的失望和憤怒之情，——向她發洩。多次的吵鬧，兩夫妻灑盡不少的眼淚。最後，她甚至企圖自殺。一九二二年的冬天，郁達夫的心情最爲低落。他想過去蘇聯當勞工，也曾在長江邊上徘徊，想過自殺。㊷

雖然在家裏是那麼的失意，但郁達夫的事業卻蒸蒸日上。這時候，創造社的勢力達到了頂點，同時還出版了兩份新刊物：《創造週報》和《創造日》。一九二三年，他由安慶移家上海。同年九月，他接受了北京大學的邀請，接替一位統計學教授之職。十月北上的途中，他寫了四封信。在最後的一封信中，他考慮著自己的前途：「究竟還是上北京作流氓去呢？還是到故鄉家裏去作隱士？」㊸他應該隨波逐流，在那罪惡和黑暗的社會中追求金錢名譽，還是和這個社會完全斷絕，潔身自愛？他在一九二三年底所提出的這個問題和答案，預言了他未來的生活：「名義上，自然是隱士好聽。實際上，終究是飄流有趣。」㊹結果，他漂流往北京去了。

可是，郁達夫在北京的生活並不愉快。在一封一九二四年三月七日寄給郭沫若的信中，他說到自己在北京並不快樂和滿足。他說他和郭沫若「與藝術離異過」，不過是因爲「恢復了原來的孤獨」㊺才回到它那邊去。他渴望能夠不用再教書，回到上海，好等可以回浙江去「實行我的鄉居的宿願。」㊻這個遊子已經疲倦了，渴望過隱士的生活。

雖然他希望能在六月間回到上海，但很明顯這願望不可能實現。一九二五年，他受聘往武昌師範大學人文學院任教。在武昌，正如在安慶一樣，他又被捲入了學校政治中。半年後他離職，又再次陷入極度苦悶中。「我從事寫作以來，我從沒有嘗試過如今年那麼惡劣的心境。今年我感覺到很多的幻滅，起了很多的疑團，我恐怕我的創作能力會永遠消失。」㊼「今年我沒有看書，沒有寫作……隨意的飲酒和遊蕩，結果今年冬天害了一場大病。」㊽他從武昌回到上海，從上海回到富陽，自己卻變成一個疲乏不堪、渴望得到大自然的寧靜來養病的浪子。在享受著這暫時的隱士生活時，一班年輕的創造社員漸漸地控制了創造社。他們開始刊行一份新雜誌《洪水》，還在一九二六年四月一日，創立了新的創造社出版部。雖然郁達夫是在三年後才正式脫離創造社的，但這時候，他已經只不過是社中的一名過氣的老將罷了。

## 從日記寫成的傳記：酒和創造社（1926-1927）

一九二六年三月十八日，郭沫若、郁達夫和王獨清一起登船，由上海到廣州——那時候的革命搖籃——會合了成仿吾，在廣州大學講學。這班老社員的南行，標示了創造社第一個階段的結束和第二個階段的開始。雖然郁達夫曾一度當過《洪水》和新辦的《創造月刊》的正式編輯，但他的心志已非全屬於創造社，而是為一些較私人性的事情所占有了。

在廣州時，郁達夫間斷地寫了一連串的日記，在一九三三年編成《日記九種》出版了九段日記，所記的是由一九二六年十一月至一九二七年七月間的一段日子；稍後再出版的另外九種日記，則零星地記錄了郁達夫在一九三二年十月、十一月和一九三四年至一九三六年間的生活。

日記開始於一九二六年十一月三日。那時候，郁達夫的心情極差。那年的六月初，他兒子死了。㊾日記一開始便寫著：「啊啊，兒子死了，女人病了，薪金被人家搶了，最後連我頂愛的這幾箱書都不能保存，我真不曉得這世上真的有沒有天理的，我真不知道做人的餘味，我想哭，我想咒詛，我想殺人。」㊿他的薪俸被「那些政客」扣起了，他幾箱深愛的書，原本是交由大學保管的，但卻散失了不少。「我這一回真悔來此，真悔來這一個百越文身的蠻地。」[51]這個混亂和躁動的革命策源地，僅能勉強維繫著國民黨和共產黨不穩定的聯盟，但對於個性敏感的郁達夫，這實在是太難接受了。郭沫若在到達廣州後四個月的七月便參加了北伐，而郁達夫卻只是沉迷於飲酒。在廣州的兩部日記記錄了他怎樣的酗酒，然後決定戒酒，而最後又無可避免地再沉迷於酗酒中。正如寒繆耳・詹森（Samuel Johnson）那至死不變的惰性一樣，郁達夫晚年在蘇門答臘時，仍保持了這酗酒的習慣。

日記中那種直率和毫不修飾的文字，確能表現出他酗酒的習性。儘管郁達夫當時也許有出版這些日記的意思，但直率的寫法顯示出他從沒有把這些日記加以修訂。㊾

郁達夫的日記明顯地反映出他生活方式和性格中的主要特徵：情緒不穩定，過分沉迷於一些習性，可最重要的是他對生命極為敏感，他認為自己是生存於一個與理想脫節的時代。這樣的性格和人生觀，其實最不適宜於處理創造社的行政事務，但這卻正是其他老社員要求他做的事。他被派往上海去清理由那些爭權奪利的「小夥計」在創造社出版部攪出來的一團糟。

一九二六年十二月十五日，郁達夫從廣州出發，十二月廿七日到達上海。一九二七年一月一日，他在日記上寫著：「今天是一九二七年的元日，我很想從今日起，努力於新的創造，再來一次創世紀裏的耶和華的工作。」㊿驟眼看來，我們一定會以為他是在指重組創造社的事。跟著他又寫道：「幾日來因為放縱太過，頭腦老是昏迷。」51當我們繼續讀下去時，我們發現他除了時常喝酒外，也經常跟那些「小夥計」談話和檢查帳目。這只會令他「心裏更是憂鬱，更覺得中國人的根性的卑劣。」52

他自稱終於能「掃除社中的社，並將創造社一切資產交托給成仿吾的一位親戚。」㊺但從日記看來，他在處理創造社的事務時是那麼的感情用事，我們不能確定他能否獨立處理一切。事實上，自從他在《洪水》發表了兩篇引起爭論的文章後，創造社的老社員之間便出現了不和的現象。㊼那兩篇文章都是批評蔣介石和國民黨右派的，而其中的第一篇也同時激怒了郭沫若和成仿吾。當時郭沫若是國民黨北伐軍的政治委員，成仿吾則在《洪水》上發表評論，他們二人都寫了一些言辭激烈的信去責備郁達夫，說他不應在北伐軍推往孫傳芳控制的江蘇地區時寫出這樣的文章。郁達夫在日記上寫著：「接到了郭沫若的一封信……責備我傾向太壞的，我怕他要爲右派所籠絡了。將來我們兩人，或要分道而馳的。」㊽「接仿吾來信，說沫若有信去給他，罵我做的《洪水》二十五期上的那篇《廣州事情》。沫若爲地位關係，所以不得不附和蔣介石……我看了此信，並仿吾一篇短評……心裏很不快活。我覺得這時候，是應該代表民眾說話的時候，不是附和軍閥官僚或新軍閥新官僚爭權奪勢的時候。」㊾

郁達夫這些「不合時宜」的文章及思想，戲劇性地說明了他那時期的思想及政治態度混亂。雖然後來的共產主義學者更進一步以這件事來證明郁達夫對左翼的真誠，㊿但在一九二七年，郁達夫所做到的其實只是激怒成仿吾，窘倒郭沫若。三人回到廣州時，剛好碰上了蔣介石在廣州突然發動的政變（三月二十日）。郁達夫的第二篇文章《在方向轉換的途中》，則是寫在一九二七年四月十二日蔣介石屠殺共產黨員的前四日。他在四月十一日的日記上寫著：「東天未明，就聽到槍聲四起，……午後出去訪友人，談及此番的高壓政策，大家都只敢怒而不敢名。」⑥①十日後，他又寫著：「回來時買了一份外國報紙來讀。蔣介石與左派分裂，在南京建立起他個人的政府……可恨的右派，他們令國民革命半途而廢。從此我要奮鬥，爲國家而奮鬥，我再不會自甘墮落的了。」⑥②

雖然這些個人的想法在當時並沒有刊印出來，但郁達夫所發表的兩篇文章中的激情，已足以觸怒上海的國民黨政府，當時便有謠傳上海政府將會查封創造社。早在一月時，郁達夫已聽到有關鎭壓的消息。當時，他和徐志摩很要好，因此他托了徐志摩把一封信交給丁文江，而丁文江在當時跟孫傳芳在上海的總指揮部是較接近的。一月十八日，徐志摩告訴郁達夫拘捕名單中有一百五十人，⑥③但這警告實在是來得太早了。

五月底，郁達夫在一份日本雜誌《文藝戰線》（*Bungei Sensen*）上發表了一篇更直言的文章，惹來了更大的威脅，他去杭州隱避了一個月。七月時，軍部的一位巡官來到創造社辦事處，大抵是要拘捕一些社員。但當時郁達夫並不在那裏，而那班年輕社員也全跑了。成仿吾不久便趕來上海，再嚴斥郁達夫引致創造社受到破壞及威脅。⑥④一九二七年八月十五日，郁達夫在上海兩份最主要的報章──《申報》和《民國日報》──刊登啓事，跟創造社完全脫離關係。

## 郁達夫和王映霞（1927-1935）

郁達夫一九二七年後的日記——和他的生活——完全是被王映霞一個人所支配了。但直到現在，還沒有一位認真研究郁達夫的學者好好地討論過這位女士。可是郁達夫將他第一冊全集題獻給她，更希望自己的作品能與她的名字一起垂於後世。⑥⑤

王映霞生於杭州。杭州的美女和美景是出名的。根據不同人士的描述，王映霞的確長得很美麗，是出名的美人。她還在女子中學讀書時便已贏得「杭州小姐」的稱號，後來在社交圈子裏，更被譽爲杭州四大美人之冠。⑥⑥她那清晰的雙眸，稍大而性感的雙唇，白晳的皮膚以及文雅的舉止和談吐，更深得友儕的稱頌。⑥⑦

一九二六年下半年，北伐軍終於來到浙江，跟孫傳芳的軍隊正式交戰起來。爲了逃避戰亂，王映霞來到上海，隨著孫百剛夫婦一起逃入租界避亂。孫百剛是她通家世好，居住於上海，本身也是個薄有名氣的文人。他時常到內山書店看書。一九二七年一月初，孫百剛在內山書店碰上老朋友郁達夫。⑥⑧幾日後（一月十四日），郁達夫渴望地寫著：「就上法租界尚賢里一位同鄉孫君那裏去。在那裏遇見了杭州的王映霞女士，我的心又被她攪亂了。此事當竭力的進行，求得和她做一個永久的朋友。」⑥⑨數日後又寫道：「中午我請客，請他們痛飲了一場，我也醉了，醉了。啊啊，可愛的映霞，我在這裏想她，不知她可能也在那裏憶我？」⑦⓪

就是這樣，一段名士美人的戀愛開始了。可是，這浪漫的詩篇卻有著美中不足。雖然王映霞仍然相當漂亮，但也快三十歲了；而三十一歲的郁達夫結了婚；況且，一九二七年的上海也絕不是理想的談情說愛之地。此外，他們可不是雙方都是一見鍾情的：雖然我們沒有任何資料可以知道王映霞最初的反應，但相信不一定很好。她知道郁達夫已經結了婚，就是孫百剛自己對於郁達夫那不穩定的情緒也感到詫異。經過了多次造訪後，郁達夫終於將他對王映霞之感情在醉後以日本語告訴孫百剛，當孫百剛的太太轉達給王映霞後，她對於郁達夫這份熱情，只有簡單的表示：

「我看他可憐。」⑦1

我們應該從郁達夫的情緒方面去看他對王映霞的迷戀。從他的日記看來，我們知道他那時還沒有擺脫他在廣州時的消沉，他的生活方式仍是一樣：酗酒、跟著是懊悔、下定決心而最後又不能痛改前非。他和王映霞的事情，在開始時只進一步加強這模式。她些微的關懷會令他欣喜若狂，但當她遲疑和拒絕時又會令他陷入痛苦，然後又無可避免地再次狂熱。且看一些摘錄：

一月十六日：在酒席上，……王女士待我特別殷勤。……我若能得到王女士的愛，那麼恐怕此後的創作力更要強些。啊，人生是值得的，還是可以得到一點意義的。（第五十八頁）

一月二十日：啊啊！我真快樂，我真希望這一回的戀愛能夠成功。（第六十三頁）

二月九日：我馬上寫了一封回信，述說了一遍我的失望和悲哀，也和她長別了。（第八十九頁）

二月十一日：今晚上打算再出去大醉一場，就從此斷絕了煙，斷絕了酒，如蛇如蠍的婦人們。（第九十一頁）

二月十六日：今日喝酒過多，身體不爽。真正的戒酒，自今日始。（第九十七頁）

二月二十八日：啊，映霞！你真是我的Beatrice，我的醜惡耽溺的心思，完全被你淨化了。（第一一一頁）

三月三日：映霞若能允我所請，照我的計畫做去，我想我的生活，從明天起，又再起一個重大的變化。真正的La Vita Nuova，恐怕要自明天開始呢！我打算從明天起，於兩個月內，把但丁的「新生」譯出來，好做我和映霞結合紀念。（第一一七頁）

三月五日：她已誓說愛我，之死靡他。我也把我愛她的全意，向她表白了。（第一一九頁）

三月七日：今天是她應允我Kiss的第一日。（第一二〇頁）

三月八日：從今天起，我要戒酒戒煙，努力於我的工作了。（第一二一頁）

三月三十一日：八時起床，又有不潔的思想。過去一個月來要努力和工作的決定又完全推翻了。今天我要……喝少許酒，再來一次加強我生命的弱點。由明天起，我要開始一

新的生活。Ah,Tomorrow,the Hopeless Tomorrow!（啊，明天，絕望的明天）（第一二一頁）

他寫著這些日記的時候，同時還牽涉在創造社的內部鬥爭中。他也有看書、寫作和訪友；他穿過鐵網，聽到槍聲；但他整個生活越來越與王映霞纏繞在一起。所有其他的行事都屬於外面的、是他生活的外圍圈子，而王映霞則深入了他生活的中心。他那首先立下決心，然後又故態復萌的式樣，雖然跟在廣州時一樣，但卻包含了更多的內心鬥爭。他首次抓到實在的東西——她那「豐肥的體質和澄美的瞳神」㊷。他自己從「沉淪」時代便追求的愛情幻想現在成爲事實了。五年前（「沉淪」是寫於一九二一年的），他曾經說過：「知識我也不要，名譽我也不要，我只要一個安慰我，體諒我的『心』。一副白熱的心腸！從這一副心腸裏生出來的同情！從同情而來的愛情！我所要求的就是愛情！」㊸

但王映霞對郁達夫的感情之進展和變化則較難知道。由於她從沒有寫過關於那時候的東西（除了她後來寄給香港一份雜誌的編輯一些很長的攻擊信外；這些信主要是說整個愛情故事只是一個老狐狸在誘騙無知少女），我們只能作一些推測。

也許她真的有些可憐他，但亦可能有些虛榮心存在著：由於一念憐憫，她和一個著名的作家來往。她自己一向有著美名，她的家族在杭州也很有聲望，可見在當地的社交場合裏，她一定是很活躍的了。此外，她祖父是個很有名氣的舊詩人；家庭教育會令她對一些有才華的文人發生興趣。郁達夫自己的舊體詩也寫得不錯⑭（他在婚後曾為她寫了一組舊體詩）。總之，王映霞對郁達夫之所謂「愛」，很可能是包含著少許的虛榮心和征服欲在內的。

根據郁達夫的日記，我們知道王映霞是在三月五日訴說愛他，而在三月七日，她首次應允和他接吻，那是他們首次見面後的兩個月，跟著便有了更多的肉體接觸。三月十四日，郁達夫往杭州拜訪王家；第二天，他見到王映霞的祖父王二南。很明顯，二人很是投契。⑮六月五日，郁達夫和王映霞舉行訂婚儀式，邀請了四十多位賓客，郁達夫在他的日記上寫道：「和映霞的事情，今夜完了，以後就是如何處置荃君（他的第一位妻子）的問題了。」⑯孫百剛說郁達大和王映霞在一九二七年的夏秋間同居了一段時期。一九二八年二月，孫百剛接到他們二人的「晚飯」請柬——於二月二十一日在東京一所飯店舉行。⑰照道理，他們不會跑到東京去舉行結婚儀式。惟一的解釋就是郁達夫不能——也沒有和他第一位妻子正式離婚，因此便不能再舉行結婚儀式。但是，當時一般人都把他們看成一對結了婚的夫婦了。

婚後，他們回到上海，王映霞很快便有了身孕，後來還生下了一個男孩。在這段短時間裏，郁達夫過著很正常的生活。王映霞對郁達夫的影響，就正如他自己在一九二七年八月一日在第二冊全集的序中所寫的一樣：

一九二六年底回到上海，無聊的過了半年，見到了軍閥更多的惡毒陰謀，也嘗到被朋友至親出賣的痛苦。我本來會沉淪到底的了：或去做和尚，或投河自盡。但就在這時，我得到一些新的外力的幫助，拯救了我整個靈魂和肉體。對於這助力的感激，我將不用筆墨來記錄，而是要以我日後生活的行動來表揚。……總之，我已在黑暗中摸索了半生，現在似乎已找到了一條通去光明之路了。⑱

當然，王映霞並沒有將郁達夫完全改變成一個住家男人，但她卻成功地減輕了他那種孤寂憂鬱和自甘墮落的性格，同時也加強了他個性和生活方式中較傳統的一面。

一九二八至一九三〇年間，可以看作郁達夫一九二六至一九二七年間「左」傾時期的餘暉。此後，他漸漸地退出左派政治，返回較傳統的社會。離開了創造社後，他在一九二八年和魯迅擔任《奔流》的編輯，而自己也創辦了《大眾文藝》。一九二九年，他跟魯迅、蔡元培、宋慶齡等一起發動組織「中國民權保障同盟」；一九三〇年，他應邀加入「中國左翼作家聯盟」。⑲

一九三〇年五月，郁達夫的姻祖父王二南先生去世，郁達夫爲了紀念他，特地爲他寫了一篇傳記文字。他回想道：「不過相識以後……和先生時時對酒談詩書，一頓飯，總要吃盡三四個鐘頭；有時夜半起來，挑燈，喝酒，翻書，談古今，往往會癡坐到天亮。」⑳在末段他更說：「我少年時期的那一種厭世偏向的漸漸減去，所受的也是先生的感化。」㉑

王二南先生和王映霞絕對沒有能夠令郁達夫變得樂觀，他們只能給郁達夫的生活和個性灌輸了君子的一種樂天知命。從一九三二年至一九三五年間的日記和著作中，我們可以看到他這種生活方式漸漸出現。一九三〇年十月，郁達夫再遷往杭州，療治肺病。由十月六日到十三日，他住在一所離西湖不遠的旅館。跟著，他又遷往「西湖旅店」居住。在大自然的美景中，他讀了尼采（Nietzsche）和屠格涅夫（《畸零人日記》）的作品，又翻譯了盧梭（Rousseau）的《嚮導者》。㉜但更多時候，他獨個兒或和朋友出去遊覽，又作了一些舊體詩和給王映霞寫信，敘述他的經歷。當然，他還時常喝酒。

郁達夫寫過不少遊記。這些遊記寫得很仔細，抓住了風景的細處來描寫。在這類作品中，較出名的就是收在他日記中的《西遊日錄》，敘述了一班由浙江省政府資助的品評家如林語堂、胡秋原和潘光旦等人的遊覽，他們常常讚嘆大自然的風光。他另外的一部書，在一九三四年出版的《屐痕處處》，主要也是收錄了些旅遊的記錄和日記，一位文學史家說：它「跟古代的山水遊記很相似」。㉝另外的一部作品《閒書》，一九三六年出版，收入了一九三三年至一九三四年間寫的文章，也顯出了中年人平靜的心緒以及在欣賞藝術和詩歌時得到的喜悅。舉例說，當中有稱頌北方秋天迷人景色的文章，也有歌頌南方的冬天的文章，另外還有些關於詩歌、福建風俗的文章，以及一組寫來「悅霞」的詩。

郁達夫和王映霞的婚後生活，顯示出他生活的「隱士」部分占了優勢，有異於他前些時所過的那種漂泊的「浪子」生活。他甚至爲自己找了一塊葬地。⑧④一九三三年春後，郁氏夫婦決定在杭州定居。得到當地友人的幫助，而主要是由王映霞策劃，他們開始在城東建造住宅。⑧⑤郁達夫原意是要建造一所簡陋的茅廬，以作道家隱士式的居所，但在一九三五年新居落成後，卻是兩座新式的建築物，郁達夫把前面一座朝南的高樓叫「風雨茅廬」，而另一幢叫「夕陽樓」——名字聽來很古雅，與實物不配合，但卻能象徵式地滿足了郁達夫這時期的生活，現在他是個遠離人群，遠離社會和政治的隱士了。另一方面，不知他自覺與否，他的創作生活也如夕陽般西沉下去，他實際上是走到了他生命的終段。一九三〇年以後，他的作品已再不像以前那麼暢銷⑧⑥，他也退出了「左聯」，就正如他告訴杭州一位報章記者一樣：「可是共產黨方面對我很不滿意，說我的作品是個人主義的。這話我是承認的，因爲我是個小資產階級出身的人，當然是負不了……後來，共產黨方面要派我去做實際工作，我對他們說，分傳單這一類的事，我是不能做的，於是他們就對我更不滿意起來了。於是我就把郁達夫這個名字從左聯名單上除下來。」⑧⑦

他不單脫離了左派文藝的舞臺，而且從一九三四年開始，他主要爲林語堂的雜誌寫文章。一九三六至一九三七年，他擔任《論語》的編輯。《論語》是林語堂最成功的刊物之一，它除了政治外，天地間事無所不談。

「風雨茅廬」的建成，在郁達夫的一生中意義重大。整幢建築物就象徵了他生命中段的紀念碑。他在一篇名爲《住所的話》的文章中說：「從前很喜歡旅行，並且特別喜歡向沒有火車飛機輪船等近代交通利器的偏僻地方去旅行……到了地曠人稀的地方，你更可以高歌低唱，袒裼裸裎，把社會上的虛僞的禮節，謹嚴的態度，一齊洗去……這一種好遊旅，喜漂泊的情性，近年來漸漸地減了。」⑧在讀過六七千部中、英、日、德、法的書籍後，他越來越跟王二南老先生相似了，他飲酒、寫詩，甚至開始學畫國畫。⑧

第一期的發展到這時終於結束了，那時期精神和感情上的痛苦和抗爭，使他創作豐富。一九三五年，他開始爲林語堂的雜誌寫自傳，就好像已經來到一個可以轉頭回想的年齡，把過去的日子看成整個生命。一九三五年十一月廿八日，他四十歲生辰時在日記上草寫了一首詩，其中的一句可算是他的自評：「人生四十無聞，是亦不足畏矣，孔子確是一位有經驗的哲人。」⑨

一九三六年，福建省長陳儀邀請郁達夫去「訪問福建」，其實就是在省政府工作。郁達夫在二月四日來到福州，二月六日的日記上寫著：「九時晉見主席陳公，暢談移時，言下並欲以經濟設計事相托，謂將委爲省府參議，月薪三百元，我其爲蠻府參軍乎？」⑨最後的一句話令人想起了三國時的諸葛亮，又或從前的「幕友」。事實上，做一個遠離社會的浪子，跟做一個政府官員確是有很大的分別。他決定接受這任命，也許是由於經濟的緣故吧，為了建造新房子，他負債幾千元。就如其他思想「古老」的人一樣，他認為做官是一生財之道。但他加入省政府工作，卻是他個人生活的不幸。長年戰爭，福建省政府的經濟受到破壞。結果，他不能如期領到薪俸，工作了兩個月，只拿得一百元。㉜

留在杭州的王映霞，卻跟當地一位官員的兒子開始了一段戀情。當整個中國抗日的戰雲密布時，郁達夫的家庭糾紛也同樣熾烈。雖然我們沒有足夠的資料，確證王映霞這時的行為和感情，（除了王映霞在一九三九年發表那些極模糊和汙蔑的公開信外），但根據他們一些友人的記述，郁達夫疏忽照顧太太，加上王映霞愛好社交活動，是造成他們婚姻破裂的主要原因。㉝

對於郁達夫的疏忽和任性，王映霞的抱怨是對的——他時常回去探望前妻和召妓㉞、他沉迷於外在的生活方面，再沒有像以前那樣時常自我反省，也不再覺得有需要以小說創作來表達其內在的挫折，反而寫了一組關於自己婚姻危機的舊體詩，還自己加上注釋說明。一九三九年，他將這些詩寄給香港的《大風》雜誌，還囑託編輯陸丹林將雜誌送給蔣介石、于右任等。同期的《大風》，還刊登了王映霞的反駁（其中她仍稱呼郁達夫為「我還在敬佩著的浪漫文人」），㉟由此，一樁私人婚姻問題便變成舉國皆知的醜聞；這期雜誌更重印了四版。㊱

中日戰爭爆發後，郁達夫在一九三七年在武漢參加了宣傳工作，甚至跑到前線去慰問戰士。但當王映霞在與另一人同居，而戰爭又蹂躪到他故鄉時（據說，他母親在日軍占領富陽時活活餓死），我們很懷疑郁達夫究竟能否像他所表現的那樣全心全意地工作。跟著，他從武漢開始南行，經過湖南、福州、香港，終於在一九三八年十二月到達新加坡。在兩人能稍爲達到諒解後，王映霞很快便趕來跟他會合。至於郁達夫去新加坡的原因，我們只能作一些推測：《星洲日報》曾邀請他去協助那裏的宣傳工作。私人動機方面，則可能是爲了要將他太太和情人分開。可是，他們的婚姻仍無法挽救。一九四〇年三月，他們協議分居。在王映霞離開新加坡往重慶前，郁達夫爲她設晚宴餞行，也特別作了一首詩。王映霞後來在外交部工作，跟著便嫁給一位商人。

早在一九二九年時，郁達夫見過一位由馬來西亞回來的華籍詩人溫梓川。在讀了他兩首描寫南洋熱帶風光的詩後，郁達夫說：「啊，南洋這地方，有意思極了，真是有機會非去走走不可。」⑰他還錯認了南洋爲史蒂文生（Stevenson）筆下的太平洋，更說史蒂文生在那裏度過晚年，寫了些很有價值的作品。⑱十年後的今天，郁達夫的夢想終於實現了，但那時候的南洋再不是如史蒂文生那些太平洋島嶼那麼的詩情畫意和平靜了。一九四一年十二月太平洋戰爭爆發時，郁達夫是「中華全國文藝界抗敵協會」新加坡分會的主席。一九四二年二月四日，他被迫撤離新加坡，四月來到南蘇門答臘的一個小鎮「巴爺公務」，改名趙廉，僞裝爲賣酒商人。

但他的晚年並不是完全沒有半點文藝氣息的：他長了鬍子，寫過很多舊體詩，其中有些是他所有詩中最好的幾首。他爲日軍憲兵作傳譯員，暗中幫助了很多當地的華人。他既是酒商，又開設了製紙廠和肥皂廠，成了當地華人中的顯要，人們叫他做「趙鬍子」。⑲謠傳郁達夫在日本占領蘇門答臘前曾經有過一位作傳譯員的女朋友（他其中的一首詩提及她漂亮的聲音）。他也和兩名荷蘭籍婦人有過親密關係。[100]一九四三年九月，爲了避免日軍懷疑，他第三次結婚，新娘子是當地的華僑（這段婚事是他的朋友所安排的）；郁達夫給她起了一個更有文藝氣息的名字「何麗有」。結婚當晚，當郁達夫發覺她還是處女時，很是驚喜。[101]後來，她產下了一子一女（郁達夫和第一位妻子生有一子二女；第二位妻子則生下了三個兒子）。

一九四三年初，郁達夫以染上肺病爲藉口，辭去了傳譯員之職。一九四四年，他真正的身分漸爲日本憲兵所查出。一九四五年八月十四日的早晨，他從某些來源得悉日本快要戰敗投降。大喜之餘，他四處奔走，告訴朋友，更和他們商量未來的計畫。[102]八月廿九日晚上，一位當地人邀請郁達夫外出，也許那是日本憲兵軍部的命令吧，他再沒有回來。[103]大概日本憲兵部已發現了他真正的身分，就殺死他來毀滅一個戰犯法庭上的有力證人。郁達夫那「悲劇」的一生，結果竟有著這極爲英雄，但卻頗具諷刺性的結尾。那個曾經誘惑他、侮辱他的外族，最後更變成了劊子手，結束了他的生命。（王宏志譯）

（本文錄自李歐梵著《中國現代作家的浪漫一代》）

注釋

①郁達夫：《悲劇的出生》，《人間世》十七期（一九三四年十二月五日），第十一頁。

②同上。
③同上，第十三頁。
④同上。
⑤郁達夫：《私塾與學堂》，《人間世》十九期（一九三五年一月五日），第廿九頁。
⑥同上。
⑦郁達夫：《水樣的春愁》，《人間世》二十期（一九三五年一月二十日），第三十二頁。
⑧同上。
⑨郁達夫：《五六年來創作生活的回顧》，《過去集》（上海，一九三一），第五至六頁。
⑩郁達夫：《孤獨者》，《人間世》廿三期（一九三五年三月五日），第三十三頁。
⑪同上，第三十四至三十五頁。
⑫郁達夫：《大風圈外》，《人間世》廿六期（一九三五年四月二十日），第廿五頁。
⑬郁達夫：《大風圈外》，《人間世》廿六期（一九三五年四月二十日），第廿七頁。
⑭郁達夫：《創作回顧》，第六頁。
⑮郁達夫：《大風圈外》，第廿八頁。
⑯同上。
⑰郁達夫：《創作回顧》，第五頁。

⑱伊藤虎丸：《年譜》，見伊藤虎丸、稻葉昭二、鈴木正夫編：《郁達夫資料》（東京，一九六九），第六十三頁。關於郁達夫的這份編年譜和資料，初稿原載於《中國文學研究》一期（一九六一年四月），第九十三至一二一頁。
⑲郭沫若：《論郁達夫》，見他的《歷史人物》（上海，一九四七），第一七四頁。
⑳伊藤虎丸：《年譜》，第六十四頁。
㉑郁達夫：《雪夜》，《宇宙風》卷一文集（一九三六年五月），第五二〇頁。
㉒郁達夫：《創作回顧》，第七頁。
㉓伊藤虎丸：《年譜》，第六十四頁。
㉔埃里克遜：《童年與社會》（紐約，一九六三），第七章。
㉕郁達夫：《懺餘獨白》，《懺餘集》（上海，一九三三），第五頁。
㉖郁達夫：《雪夜》，第五二〇至五二一頁。
㉗同上，第五二一頁。
㉘郁達夫：《雪夜》，第五二二頁。
㉙夏志清：《中國現代小說史》，第一〇九頁。
㉚郁達夫：《雪夜》，第五二〇頁。
㉛曾華鵬、范伯群：《郁達夫論》，《人民文學》九十一期（一九五七年五至六月），第一八五頁。

㉜郁達夫：《雪夜》，第五二〇頁。
㉝伊藤虎丸：《沉淪論》，《中國文學研究》一期（一九六一），第五十二頁。
㉞郁達夫：《中途》，《過去集》，第九十二頁。
㉟郁達夫：《中途》，《過去集》，第九十八頁。
㊱同上，第一〇五頁。
㊲伊藤虎丸：《年譜》，第六十七頁。
㊳郭沫若：《創造十年》，第一三四頁。
㊴同上，第一三四至一三五頁。
㊵郁達夫：《蔦蘿行》，見《蔦蘿集》（上海，一九二三），第十三頁。
㊶同上，第十七頁。
㊷同上，第一九二至一九三頁。
㊸郁達夫：《海上通訊》，《過去集》，第二〇七頁。
㊹同上，第二〇七至二〇八頁。
㊺郁達夫：《北國的微音》，《過去集》，第二六六頁。
㊻同上，第二二七頁。
㊼郁達夫：《創造回顧》，第九頁。

㊽郁達夫：《雞肋集》序言（上海，一九二八），第四頁。
㊾郁達夫：《日記九種》（上海，一九三三），第一頁。
㊿同上，第二頁。
(51)同上。
(52)郁達夫本人把日記看成文學的其中一個類別，十分重視。見他在《畸零集》（上海，一九三〇）中的文章：《日記文學》，第一一三至一二三頁；以及另一篇文章：《再談日記》，見《郁達夫日記》（香港，一九六一），第九至十四頁。
(53)郁達夫：《日記九種》，第十八頁。
(54)同上，第十九頁。
(55)同上，第五十三頁。
(56)郁達夫：《對社會的態度》，《北新半月刊》二卷第十九期，第四十三頁。
(57)《廣州事情》，《洪水》三卷第廿五期（一九二七年一月）；《在方向轉換的途中》，《洪水》三卷第廿九期（一九二七年四月）。
(58)郁達夫：《日記九種》，第九十三頁。
(59)同上，第一二二頁。
(60)曾華鵬、范伯群：《郁達夫論》，第一九六頁。

61郁達夫：《日記九種》，第一六二頁。

62郁達夫：《日記九種》，第一七一頁。

63同上，第五十九頁。

64郁達夫：《對於社會的態度》，第四十四頁。

65郁達夫：《寒灰集》（上海，一九三一），第十一頁。

66劉心皇：《郁達夫與王映霞》（臺北，一九六二），第廿四至廿五頁。

67同上，第廿二頁。

68孫百剛：《郁達夫與王映霞》（香港，一九六二），第十六頁。

69郁達夫：《日記九種》，第五十六頁。

70孫百剛，第廿八頁。

71同上。

72郁達夫：《日記九種》，第一〇九頁。

73郁達夫：《沉淪及其他》（上海，一九四七），第十六至十七頁。

74郁達夫的舊體詩，見劉心皇編：《郁達夫詩詞彙編》（臺北，一九七〇）。

75郁達夫：《日記九種》，第一六四至一六五頁。

76同上，第二〇七頁。

⑦孫百剛：《郁達夫與王映霞》，第三十三至三十四頁。
⑱郁達夫：《雞肋集》，第五頁。
⑲曾華鵬、范伯群：《郁達夫論》，第一九六頁。
⑳郁達夫：《王二南先生傳》，見《達夫散文集》（臺北，重印，一九六五），第一八四頁。
⑳同上，第一九三頁。
⑳《郁達夫日記》，第二〇八、二一五頁。
⑳夏志清：《現代中國小說史》，第一一〇頁。
⑳郁達夫：《記風雨茅廬》，見《閒書》（上海，一九三六），第六十頁。
⑳郁達夫：《移家瑣記》，見《斷殘集》（上海，一九三三），第二〇四頁。
⑳孫百剛：《郁達夫與王映霞》，第五十二頁。
⑳許雪雪：《郁達夫先生訪問記》，見姚乃麟編：《中國文學家傳記》（上海，一九三七），第四十四至四十五頁。
⑳郁達夫：《閒書》，第五十三至五十四頁。
⑳孫百剛；《郁達夫與王映霞》，第五十八頁。
⑳郁達夫：《閒書》，第二一一至二一二頁。
⑳同上，第二二四頁。

⑨²同上，第二六五頁。

⑨³劉心皇：《郁達夫與王映霞》，第一三一至一三三頁。

⑨⁴劉心皇：《郁達夫與王映霞》，第一二〇、一二五頁。

⑨⁵同上，第一一六頁。

⑨⁶同上，第一一〇頁。

⑨⁷溫梓川：《郁達夫南遊記》（香港，一九五〇），第二頁。郁達夫在馬來亞的朋友出版了一本紀念他的文集。見李冰人、謝雲聲編：《郁達夫紀念集》。

⑨⁸溫梓川：《郁達夫南遊記》（香港，一九五〇），第二頁。郁達夫在馬來亞的朋友出版了一本紀念他的文集。見李冰人、謝雲聲編：《郁達夫紀念集》，第四頁。

⑨⁹胡愈之：《郁達夫的流亡與失蹤》（香港，一九四六），第二十至廿二頁。

⑩⁰劉心皇：《郁達夫與王映霞》，第一九七頁。

⑩¹同上，第二三四頁。

⑩²王潤華：《郁達失在新加坡、馬來亞及蘇門答臘的生活研究，一九三九—一九四五》（威斯康辛大學，一九六九），第五十頁。

⑩³梅其瑞（Gary G. Melyan）：《郁達夫遇害之謎》，《明報月刊》五卷十二期（一九七〇年六月）。第六十頁。

文學作品，都是作家的自敘傳。

——郁達夫

# 郁達夫：自我的幻象

李歐梵

對郁達夫來說，所有的文學作品都是作家的自傳。但將這句話反過來說也適用：所有作家的自傳——起碼郁達夫的自傳——都是文學。郁達夫那種描寫自我的衝動，就是他大部分創作的原動力。但另一方面，由於郁達夫認定藝術就是生命，生命就是藝術，爲郁達夫作傳的人就必須特別小心。他這樣將生命和藝術結合在一起，看來很簡單，但背後那種實際跟表面、自我跟自我幻象二者之間的關係，卻是千絲萬縷，不易明白的。

自開始寫作以來，除了有這種強烈要求描寫自我的衝動外，郁達夫還結合了一種強烈的自欺成分。研究郁達夫的人，全部強調「他經常在描繪自我」①，但很少人會注意到他同樣堅持要描繪一個自我以外的自我——也就是要去建立他自己的幻象。由此，文藝創作對郁達夫有著解脫的作用：把他的靈魂從真正自我的束縛中解放出來，只選取當中一些他需要的屬性。

## 《沉淪》和歐內斯特．道森

在郁達夫第一部小說集《沉淪》裏，自我和自我的幻象很明顯是相互影響著的。《沉淪》寫於一九二一年，那時郁達夫還是東京帝國大學的三年級學生，該集收有三個短篇小說，其中最出名的就是集子的標題小說《沉淪》。在該集的序言中，他解釋故事內容時說：「《沉淪》是描寫著一個有病的青年的心理，也可以說是青年憂鬱病Hypochondria的解剖，裏邊也帶敘著現代人的苦悶——便是性的要求與靈肉的衝突……也有幾處說及日本的國家主義對我們中國留學生的壓迫的地方，但是怕被人看作了宣傳的小說，所以描寫的時候，不敢用力，不過烘雲托月地點綴了幾筆。」②

日本學者伊藤虎丸（Ito Toramaru）評論《沉淪》時，討論了「憂鬱症」在該小說中的重要性。他指出郁達夫是受了日本著名新浪漫主義作家佐藤春夫（Sato Haruo）的影響。一九二〇年，即《沉淪》寫成的前一年，他們經田漢介紹相識。伊藤的說法是正確的，他認爲郁達夫借用了佐藤常用的憂鬱主題，同時更受了佐藤的文學理論及那些所謂「私小說」的影響。而且，伊藤更認爲《沉淪》的真正主題是郁達夫對性事的自咎感，而這自咎感是與國家和種族的屈辱有關的。③

就主題而言，這部小說可算是在中國文學中第一部以極嚴肅的態度，提出了一個向來被人認爲是社會禁忌或不能公開和輕率胡鬧的主題的小說。即使是林紓和蘇曼殊，也避開這「性」的問題，或掩壓之於一腔熱情底下。因此，《沉淪》代表了中國文人第一次的認真努力，以樸素坦誠的筆調，把性和情感放在一起處理。

但郁達夫卻喜歡稱他在性事上的挫折爲「憂鬱症」——一個充滿了日本和西方浪漫主義氣息的名詞。在寫作時除了忠於事實外，郁達夫也予以一定程序上的藝術加工——一份受到佐藤春夫的作品所影響的藝術構思。而且，我們還可以說：在郁達夫心目中，「憂鬱症」是浪漫主角所有的特徵。換言之，郁達夫在描寫「內在」的自我時，他亦在故事內結合了一個「外在」的自我。《沉淪》的主角是個年輕人，時髦而孤獨。當他在日本的田園美景中漫步時，能夠背誦出華茲華斯（Wordsworth）、海涅（Heine）、吉辛（Gissing）很多的詩句。照夏志清的說法：「歌德式的自憐，誇張了主角對大自然之愛好和內心痛楚。」④此外，我們亦可在這自我形象中見到盧梭的影子。

《沉淪》集中的另一篇小說《銀灰色的死》，更具體地證明了這點。故事的主人翁也是個身居日本的中國人：「年歲約可二十四五之男子一名，身長五尺五寸，貌熟，色枯黃，顴骨頗高，髮長數寸，亂披額上。」⑤他在東京的街道上遊蕩，悲痛地回憶著去世的妻子，然後又去到一位熟稔的日本年輕女侍的家裏坐。當他聽到這位女侍快要結婚時，他典押了幾部書，買了絲帶、髮簪和兩瓶紫羅蘭香水，作爲結婚賀禮。他在她那裏喝了很多酒，跟著便不知所終，翌晨被發現已經死了，口袋中放著道森的一部詩集。在故事後面，郁達夫還以英文加入了一段附言：「讀者必須緊記這故事是虛構的。作者無法對其真實性負責。但有一點是要在這裏說清楚的：作者在構想這個平凡的故事時，是借用了史蒂文生的《夜宿》和歐內斯特・道森的生平的。」⑥

故事背景的設計取材於史蒂文生，而故事主人翁對年輕女侍失戀的主題則來自歐內斯特・道森跟美思（Missie）的戀情。美思是一位住在倫敦的波蘭籍女侍，一八九二年時，她還只有十四歲。⑦不過，《銀灰色的死》中情節的實際要點和細節，則屬於郁達夫自己。我們從他自己的敘述中知道：「每天假如我不看小說，便會將大部分時間花在咖啡店內，找女侍陪酒。」⑧我們也知道他一九二〇年已經在中國結了婚。

由此可見，這故事並非完全虛構，也非十足真實，而是二者巧妙的結合。內中既有高度的摹仿技巧，亦可見他熱烈地要求描寫自己。在這裏，郁達夫嘗試做兩件事：第一是以他自己的形象爲基礎來描繪出一個虛構的人物，第二是要將小說中的人物提升爲一個理想的、超現實的幻象。

也許郁達夫是從佐藤春夫處認識到道森的。但似乎道森的生平和性格比他的詩作更能吸引郁達夫。在《黃面志》裏一篇寫於一九二三年的長文中，郁達夫將重點放在道森對那位波蘭籍女侍的單戀，他認爲這單戀令道森沉迷於酗酒，更使他步向死亡。⑨雖然郁達夫並沒有說出來，但他一定會記得阿瑟・西蒙斯（Arthur Symons）將道森描繪成有著「濟慈般的面孔：那是濟慈沮喪時的面孔，一方面舉止是那麼高雅，一方面外表又常是那麼頹喪，二者的分別真是奇怪。」⑩郁達夫自己去召妓時，也一定會想到道森的例子，因爲道森亦常和一些身分不明的女子如杜麗絲（Dulcie）、艾絲（Essie）、美思（Missie）等混在一起。他甚至可能以道森來爲自己的酗酒辯護。但很可能他並不知道道森不顧一切的酗酒和跟一些不名譽的女人調笑，很可能「主要是他對自己的理想缺乏信心的結果。」⑪

當道森也許是在以頹廢的行爲來掩飾自己內裏對於生命和作品的疑惑時，郁達夫卻在找尋一個理想來仿效。我們可以從郁達夫對他心愛的中國詩人黃仲則的態度來證實這個論點。

## 黃仲則和郁達夫

黃仲則（原名黃景仁，一七四九—一七八三），是乾隆年間的一位抒情詩人，宋代詩人黃庭堅的後代，生於江蘇高淳縣。「他三歲時父親去世，早期的教育全賴母親和祖父。七歲時遷往武進，結識了洪亮吉。洪亮吉是他的鄰居，比他長三歲，後來也成了作家和他的畢生好友。一七六〇年，黃仲則的祖父去世，家道中落。」⑫一七六五年，黃仲則考中了秀才，但其後的省試卻屢次落第。因此他沒有固定的工作，只能為一些欣賞他文才的人作書記。一七七一年，黃仲則在安徽做了安徽省提督學政朱筠的書記。翌年三月，朱筠召集了很多名人文士，來到采石磯太白樓賽詩。采石磯就是唐代大詩人李白淹死的地方。廿三歲的黃仲則是全部賓客中最年輕的一個：「身穿白衣，立於日影之下，洋洋數百言，來者莫不頓筆而觀之。」⑬

雖然黃仲則因此而一夜成名，但因為他沒有高功名，再加上輕狂的性格，令他無法找到一份固定的待遇好的差事。一七七五年，他到北京，考上了乾隆御准的一次特別試，開始在「皇家印務局」當抄寫工作。他一直在北京逗留到一七八〇年，改作了山東學使程世淳的書記。一七八一年，他往西安，向那裏的提督畢沅借貸。回到北京後，他被提升為副知府，卻只是候補的。一七八三年，雖然抱病在身，他還為債主所迫，再往西安求助，結果病逝在途中，年僅三十四歲。

正如章衣萍所總述，黃仲則一生貧病交迫。⑭作為家中的獨子（他的兄長在他十五歲時去世），他甚至無法養妻奉母。他體弱多病，面貌娟秀，終其一生耽於遊歷、讀詩、寫詩和飲酒；有時候，他更會讀詩寫詩至通宵達旦。⑮根據他所寫的自傳：「年二十五而患喘疾，不能自持。」⑯

黃仲則的詩特色在其簡潔及有豐富的情感，這在清朝很不常見；而那時候大部分詩人都只會墨守成規，摹仿唐代的大家。儘管黃仲則也追隨清詩人袁枚，但許是由於他生性敏感，故能在詩中加入細緻綿密的情感，在同期的詩作中，這是很少見的。據說，他十五歲時愛上了住在鄰近的表妹，⑰但後來卻在十八歲時與另一位女子結婚，看來他也一樣的愛她。⑱他不少細膩大膽的愛情詩，就是爲生命中的這兩位女子而寫的。

一九二三年十一月二十日，郁達夫完成了短篇小說《采石磯》。故事開始時，黃仲則廿二歲，當時他在安慶，在朱筠的衙門工作，學使很喜歡他，但卻太忙了，無法在他「沉默憂鬱」時安慰他。⑲衙門中有四五十位書記，卻沒有一人願意接近他。稍爲瞭解他的說他恃才傲物，那些不能瞭解他的認爲他一點才能學問也沒有，只是仗著上司的威望和寵愛，時常大發脾氣。「因此，他的聲譽和朋友一年一年的少了下去，他的自小就有的憂鬱症反一年一年的深起來。」⑳

他是一個傷感而孤獨的天才，但除了好友洪亮吉外，沒有一個人賞識他。洪亮吉深深讚賞他的文學天才，又知道怎樣去應付他那起伏不定的情緒，但大部分時候，黃仲則喜歡獨個兒遊蕩、作詩，沉迷於回憶之中。一個秋夜，當他孤寂地在月明露濕的園中散步時，突然想起了一個他所愛，而現在卻留在鄉間的伶俐活潑的姑娘，她時常「以一雙水盈盈的眼光，注視著熟弱的他的身上。」

㉑離別時，她暗泣了半個鐘頭，後來送了一條淡黃綢的汗巾給他作紀念。他在秋露中覺得很冷，但卻沒有錢買皮袍，他也想到自己應該寄點錢回去給年老守寡的母親。感懷神傷之際，他吟出新句來：「茫茫來日愁如海……」㉒

翌晨，他很遲才起床，寫成了一首詩後，便出外散步。突然而來的衝動，激起他去登山找尋李白的墓。他終於找到那墓塚，但卻是荒廢了，埋於野草叢中。他不禁叫道：「啊啊，李太白，李太白！」眼淚便滾下來了。他在那裏坐了很久，「想想詩人的寂寞生涯，又回想到自家的現在被人家虐待的境遇，眼淚只是陸陸續續的流淌下來。」㉓

他回去時，吊李白的詩也寫完了。洪亮吉迎過他後，對他說那位著名的考據家戴震剛剛來了。在歡迎戴震的宴會中，戴震批評黃仲則的詩是「華而不實」。㉔這樣的批評，對於這位性情敏感和體質虛弱的年輕詩人，實在是太難受了。他病倒了，一直病到第二年的春天。

春天來時，他才漸漸痊癒起來，但他那「孤傲多疑的性格」卻沒有改變。他覺得自從戴震來過後，上司對他再沒有以前那麼客氣了。一個晴朗的下午，朱筠在俯瞰長江的采石磯前太白樓上舉行宴會。在請來的文人中站了年輕的黃仲則，「纖長清瘦……穿了一件白袷青衫，立在人叢中間，好像是怕被風吹去的樣子。清癯的頰上，兩點紅暈，大約是薄醉的風情。」㉕黃仲則和洪亮吉來到太白樓時，學使問道：「你們的詩做好了沒有？」心高氣傲的黃仲則答道：「我已經做好了。」其實他只爲了一時好勝而說笑罷了。但朱筠看到了他那少年的傲態時便說：「你若是做了這樣快，我就替你磨墨，你寫出來吧。」㉖等到朱筠把墨預備好了，攤開橫軸時，黃仲則敏捷的文思已在腦中凝結成一首長詩，一下子就揮筆寫了出來。

這小說可算是郁達夫其他不少短篇小說的典型：有從過去和現在的時間層次交織而成的完整形象，亦有那撩動起來的昔日殘存的餘韻，更有隨著絲絲回憶而慢慢發展的情節，以及那娓娓道來卻不甚完整的特點。㉗但它又是郁達夫極少數不以現代作爲故事背景的小說之一。在這裏，他是爲歷史人物——一位他最爲愛慕的詩人——寫小說式的傳記，他在這篇小說裏再次創造了一個自我的幻象。

顯然，黃仲則和郁達夫是一對生於不同時代而骨子裏卻是相同的人物。一九〇九年在杭州第一高等學堂念書時，郁達夫初次接觸到黃仲則。有一次，他買了一部黃仲則詩集，只是爲了要讓店員知道他有錢買得起這部書，同時要令那些年紀較大的同學以爲他讀得懂那麼晦澀艱深的詩。事實上，那時候，他根本不能領略它的好處。十年多後，當他在法政學堂教書時，他重讀這本詩集：「閒來無事，想多讀一點線裝的舊書，才又買了一部兩當軒全集，從頭到尾地細讀了兩遍。……把那全集細讀了兩遍之後，覺得感動得我最深的，於許多啼饑號寒的詩句之外，還是他的那種落落寡合的態度，和他那一生潦倒後的短命的死。」㉘

因此，郁達夫對黃仲則的欣賞，就正如他以前對歐內斯特·道森的沉迷一樣，是帶有一種強烈激動的認同感的。他們二人一生中有著不少巧合相似的地方，更加強了郁達夫這種認同感。

在自傳的片段中，郁達夫說到他父親是「到了我出生後第三年病死的」，黃仲則的父親亦在黃仲則三歲時去世。在他早期的生活中，郁達夫也和黃仲則一樣，貧病交迫。又由於郁達夫染上了肺結核病，他也相信黃仲則夫婦也是因癆病致死的。㉙

郁達夫也在自傳裏描寫了在他初中畢業那天晚上的優美情景：一對青年戀人互相凝視著，「一股滿足、深沉、陶醉的感覺，竟同四周的月光一樣，包滿了我的全身。」㉚這情景無論在氣氛和細節上，都跟黃仲則獨個兒回想起初戀時的情景完全一樣。此外，郁達夫在日本時也曾加入了一個由日本人組織的中國詩會；在一次時近中秋的聚會中，他很快便寫成了一首步袁枚詩韻的詩，令那些日本會員大為欽佩。㉛回到中國後，他在安慶的法政大學任教；而在一百五十年前，黃仲則就在那裏作學使的書記。郁達夫也一定到過采石磯和李白墓。那段形容黃仲則找尋太白墓的經過，一定是根據郁達夫自己的經歷寫成的。

李白和黃仲則二人，也是和郁達夫自己一樣，受盡了那不能賞識真才的鄙俗社會的屈辱。而且，在文藝圈子裏，文學研究會中人又開始向他攻擊，胡適就曾寫過一篇文章，就郁達夫翻譯奧伊鏗（Eucken）作品中的一個小問題來挑剔郁達夫的英文不好，他更說郁達夫一群人都是「淺薄無聊而不自覺」。㉜郁達夫深受這個文閥的嘲笑辱罵的刺激，甚至寫信給郭沫若，說到要投黃浦江自殺。

就是在這個時候，郁達夫悶悶不樂地在失意憤怒中消磨歲月之際，他再讀了黃仲則的詩，也寫成了《采石磯》。我們不難清楚地見到郁達夫是將他自己積壓的情感投射在小說裏。在這些小說人物的後面，我們可以看出一些小說人物是與真實名人相符的：朱筠就是泰東書局的老闆，洪亮吉就是郭沫若，安慶衙門中那些不欣賞他的同僚就是文學研究會的會員，而那個傲慢、心存惡意、但卻沒有才能的文壇巨擘、考據學大師戴震，就是那位提倡「重整國故」的胡適。（據說，當胡適知道自己被比作這個清朝大家時，很是洋洋得意。）㉝那麼，除了郁達夫自己外，又有誰會是那位孤寂痛苦的天才？

這許多恰當的巧合和相似，成功地將真實灌輸入小說裏，把歷史跟現代的事實混淆。郁達夫利用黃仲則來說自己的故事，但黃仲則更擴大了郁達夫一向在建立的幻象。很明顯，黃仲則和道森二人都有相似之處：兩人都體質虛弱、兩人都面貌俊秀、兩人都不顧一切地拚命喝酒，兩人都染上肺病而早死：道森死時只有三十三歲，而黃仲則只有三十四歲；更重要的一點在於他們二人都同樣不爲大眾所賞識。一方面，郁達夫可以輕而易舉地在自己的性格和經歷中找到與二人相似之處，去跟他們認同；另一方面，他那種追求幻象的魔力亦能深入他「真正」的生活和性格。結果，他便有一種傾向去摹仿自己這個理想的幻象。最後，郁達夫的公開形象已經是塗上一層幻想的色彩了。

從歐內斯特·道森和黃仲則結合而幻想出來的中心形象，是一個脆弱和孤獨的天才，時常生病和憂鬱，只能在與他疏遠的社會裏，耗盡自己的生命及才華。其中一些郁達夫所喜歡的作家——屠格涅夫（「**他那溫和的外貌，雙眼帶有憂鬱的神色**」）[34]、藍波（Rimbaud）和魏倫（Verlaine）——亦一樣可以合適地套上這個形象。[35]雖然這形象是從西方借來的，但它也很類似中國舊小說中的才子類型。顯然，郁達夫是將它在自己的生活和藝術中具體化起來了。他在二〇年代所寫的許多小說，無論是寫他自己，或是關於他小說中的自我的，都同樣包含了這個主觀英雄的形象。即使是在他寫於一九三四年至一九三五年間的自傳片段中，那主角也是屠格涅夫式的畸零人。

把郁達夫一生的事蹟孤立起來看，不難發覺他本來不應長期活在憂鬱之中，他的生活經歷其實是他那時代一般生活方式的典型，雖然帶有些傷感，但卻絕不是如他所說的是一個「結構並不很好的悲劇」。他和童年伴侶使婢翠花玩耍時，一定有過不少快樂的時光；他在學校的學生運動中也很活躍；在東京時，那種狂放不羈的生活又是那麼的閒適和無憂無慮，那時候根本「沒有人會勤力讀書」；[36]就是他跟第一位妻子的生活也不是那麼悲哀的，他那守舊的妻子既受過教育，也很能體諒他，而郁達夫對她也並非全無愛意。其實，只是郁達夫將自己幻想成一個長年受苦，在黑暗的生活裏沮喪漂泊的失敗者；這樣的幻象令他對自己現實生活的每一方面都感到不滿。

說來奇怪，郁達夫一方面對自己感到不滿，另一方面我們可以在他一部分著作中覺察到他對歐內斯特·道森加黃仲則這個自我幻象也不再感到滿意。他腦海裏潛藏著一個相反的形象。對於這個形象，他只能遠遠地羨慕，卻不能跟它認同，那是一個強壯的、充滿生氣的、要自我主宰生命的英雄的積極、精悍的西方形象。在郁達夫的作品中，也可以找到這形象的代表，諸如馬克史特林（Max Stirner）（「自我就是一切，一切就是自我」），㊲亞歷山大·赫茲（Alexander Herzem）（「如果我們要做，就得要有如赫茲那客死異鄉的勇氣」），㊳羅曼·羅蘭（Romain Rolland）（「他主張奮鬥到底，直到生命的終結」）㊴，亨利·巴貝斯（Henri Barbussc）（「他開始了光明運動，希望以一把火燒盡整個世界的邪惡社會」），㊵最後還有盧梭（「反抗的詩人，自由平等的擁護者，大自然的驕子」）。㊶

其實，在郁達夫筆下，女性方面亦有相類似的兩個典型。伊藤虎丸將郁達夫小說中的女主角分成兩類：迫害者和被迫害者。前者——肥大、性感、耽於逸樂的妖女——多出現於他在日本時寫成的小說；而後者——脆弱、溫順、社會中可憐的受害者——則在他回到中國後的小說裏經常出現。㊷那些「迫害者」在性事方面挑逗他，教他時常屈服於她們的誘惑下，後來卻受盡自咎和懊悔的折磨。那些「被迫害者」引發起他的同情，讓他宣發了感情，進入了她們的苦痛中，但卻只能像她們一樣的絕望。就正如他那些男主角的情形一樣：在感情上他不能不被那些被迫害者所吸引，但在肉體上，他卻有求於迫害者。據說，郁達夫在惟一的長篇小說《迷羊》中，本來想以憐憫的筆調來描繪出一個「茶花女」式的人物，但結果卻失敗地創造出一個道德觀念很低的妖女，「令讀者減低了信心」。㊸更明顯的就是在他現實的生活中，他的原配夫人是舊社會中的受害者，但他卻寧願和一個現代女性同居，而事實證明她是個「迫害者」，最後更毀滅了他的創作生命。

在郁達夫的想像和生活中存在兩個相反極端的人物形象，亦令人想起了他前輩林紓和蘇曼殊的例子。林紓對茶花女的女性美反應熱烈，但同時又不能不羨慕哈葛德（Haggard）小說中散發著男性活力的英雄。蘇曼殊也一樣，他崇拜他的英雄——拜倫，但卻努力爲自己創造一個浪漫不羈的僧人加隱士式的不朽形象，且躊躇於兩個極端的女性形象之間——一種是較放肆的，另一種則是較溫文馴良的——郁達夫小說中的他我，最後卻一定爲後者的熱烈情感所吸引。就正如兩位前輩一樣，郁達夫選擇了那較爲感傷而不悍辣的一種。

這樣看來，郁達夫較他同期的人如郭沫若和徐志摩等來得保守。事實上，他那蒼白的面孔，長衫、還有飲酒、吸煙，甚至召妓，更重要的是他寫得一手頂好的舊體詩，都會得到林紓和蘇曼殊的認同。㊹惟一可能令蘇曼殊感到不安和激怒林紓的在於他那自覺的和自我沉迷的頹廢。至於他的朋友和敵人，卻全都被他那份如郭沫若所說的「特異」所困惑。「達夫是個怪人，他喜歡暴露自己的壞處」。㊺究竟爲什麼他要暴露自己的弱點？究竟爲什麼他要長期刻意頹廢下去？

如前所述，郁達夫著作和生活中那股憂鬱和頹廢的氣息，主要是因爲他要建立一個自我形象而產生的。他內心熱烈追求這個形象，可能跟他天生悲觀的性格有關。最近一位評論家指出，這悲觀性格是受到他父親的去世所影響的。㊻可能他痛苦地覺得自己爲家庭帶來一份「詛咒」，他根本不應出生。在他心目中，他在正常的人群中是多餘的、怪異的。但另一方面，不少敏感的文人其實也受到詛咒和爲恥辱所負累。蘇曼殊也時常提到他那「說不出的痛苦」；魯迅十五歲時也有過傷痛的經歷，他被叫來親眼看著垂死的父親在生死邊緣受苦。㊼埃里克·埃里克森亦提到在馬丁·路德（MartinLuther）和甘地（Gandhi）一生中的「詛咒」。㊽

但在偉大人物的心目中，受到「詛咒」的感覺往往會產生一種使命感來，這使命感可變成個人創造和領導的原動力。不少文學、宗教和政治上的大人物的行徑，很多方面都是他們個人痛苦的再造。他們的成敗往往決定於他們的歷史背景和群眾反應。在中國新文學中，魯迅就是一個例子，他是一位能夠將自己的「詛咒」再造於生活和作品的偉大人物。

郁達夫來到日本時，所走的道路也是差不多的。他也如魯迅一樣，沒法確定知道自己的身分：大家都由學科學轉到學文學去。他在日本的經歷，也必爲魯迅和其他很多中國學生所感受到。魯迅比郁達夫偉大的地方，似乎在於他們採用了不同的方法來對抗內在的痛苦。魯迅能夠以近乎超人般的力量，將內心的鬥爭和憂慮隱藏不露，更將它們抑壓於精神和痛苦的自我反省中，從而凝練成一種深刻的洞察，在作品中表現出來。郁達夫卻選擇以寫作和暴露他內心魔鬼給他想像中的讀者來祓除和驅去這些內心魔鬼，自白就是他的治療法。在他將自己全部的弱點暴露出來後，便覺得舒服些了。

但他並不止於自白。他不像魯迅那樣單獨面對和力戰自己的「詛咒」，卻去找尋和幻想一些和他相似的人物來解救自己。歐內斯特•道森和黃仲則的例子，顯示出郁達夫是借用了和他相似的歷史人物給自己創造傳奇性的形象——一個望廣大讀者去接受和摹擬的形象，就像他摹擬道森和黃仲則的形象一樣。他沒有去「再造」他的「詛咒」，但卻繼續去追求它的形象。他的作品流行起來，使他成爲出名的人物，結果令他更爲深入自己的幻象：他必須是頹廢的。最後，風格變成了獨特的格調，習慣變成癖性，他個人的弱點變成了公眾的資產。形象和現實之間的鴻溝，終於在他中年時候既非窮困、亦非孤寂之時完全暴露出來。他豐富的文學創作力消沉了。他變成了全然的舊式學者——一個品評家——這實在是很大的倒退，也實在是他真正悲劇的開始。（王宏志譯）

（本文錄自李歐梵著《中國現代作家的浪漫一代》）

注釋

①Anna Dolezalova,"Quelques Remarques sur la Question de l'Autodescription chez Yu Ta-fu,"Asian and African Studies 2：57（1966）。

②郁達夫：《沉淪及其他》，第一頁。

③伊藤虎丸：《沉淪論》，《中國文學研究》，一及三期（一九六一）。

④夏志清：《中國現代小說史》，第一〇四頁。

⑤郁達夫：《沉淪及其他》，第廿八頁。
⑥同上，第廿九頁。
⑦馬克·朗加克（Mark Longaker）：《歐內斯特·道森》（Ernest Dowson）。
⑧郁達夫：《創作回顧》，第三頁。
⑨郁達夫：《集中於黃面志的人物》，見他的《敝帚集》（上海，一九二八），第九十三頁。
⑩阿瑟·西蒙斯：《歐內斯特·道森回憶錄》，見《歐內斯特·道森的詩》（倫敦，一九〇九），第十頁。
⑪馬克·朗加克，第一五六頁。
⑫亞瑟·休莫爾（Arthur Hummel）：《清代著名人物》（Eminent Chinese of the ch'ing Period），（華盛頓，一九四三），卷一，第三三七頁。除非另有說明，否則這裏關於黃仲則的描述，都根據這本書。
⑬洪亮吉：《行狀》，見黃仲則：《兩當軒詩鈔》（一八三三），1：1。
⑭章衣萍：《清代詩人黃仲則評傳》，《學林雜誌》，一卷二期第十四頁。
⑮洪亮吉，1：2b。
⑯黃仲則：《自序》，《兩當軒詩鈔》，1：1。
⑰邱竹師：《黃景仁及其戀愛詩歌》。《新月》三卷一期（一九二九年十二月十日），第九至十頁。

⑱章衣萍，第八頁。
⑲郁達夫：《采石磯》，見他的《寒灰集》（上海，一九三〇），第三頁。
⑳同上，第四頁。
㉑同上。第五頁。
㉒郁達夫：《采石磯》，見他的《寒灰集》（上海，一九三〇），第八頁。
㉓同上，第十八頁。
㉔同上，第廿一頁。
㉕同上，第廿九頁。
㉖同上，第三十頁。
㉗有關郁達夫寫作風格的分析，見雅羅斯拉夫・普實克：《中國文學的三項概述》（布拉格，一九六九），第四十四至九十八頁。另見安娜・多列札洛娃（Anna Dolezalova）：《郁達夫：其文學創作的特性》（Yu Ta-fu: Specific Traits of His Literary Creation）（紐約，一九七一）。
㉘郁達夫：《關於黃仲則》，見他的《文學漫談》（香港），第九十九頁。
㉙郁達夫：《關於黃仲則》，見他的《文學漫談》（香港），第九十九頁。
㉚郁達夫：《水樣的春愁》，第三十八頁。
㉛趙聰：《五四文壇點滴》（香港，一九六四），第一八五頁。

㉜郭沫若：《創造十年》，第一四八頁。
㉝史劍：《郭沫若批判》（香港，一九五四），第八十四頁。郭沫若自己則直言不諱地宣稱，胡適是郁達夫寫這個故事的主要原因，見《論郁達夫》，第一七七頁。
㉞郁達夫：《屠格涅夫的羅亭面世之前》，見他的《閒書》，第八十五頁。
㉟在郁達夫的《茫茫夜》裏，兩位主角——都是郁達夫的「第二個我」——握手，其中一位思索：「二十一歲的青年詩人Arthur Rimbaud。一八七二年的佛爾蘭Paul Verlaine。白兒其國的田園風景。兩個人的純潔的愛……」見《寒灰集》，第六頁。
㊱郁達夫：《創造回顧》，第三頁。
㊲郁達夫：《自我狂者須的兒納》，《敝帚集》，第七十三頁。
㊳郁達夫：《赫爾慘》，《敝帚集》，第七十一頁。
㊴郁達夫：《文學上的階級鬥爭》，《創造週報》三期（一九二三年五月七日），第四頁。
㊵同上。
㊶郁達夫：《盧梭傳》，《北新半月刊》卷二第六期（一九二八年一月六日），第六五〇頁。
㊷伊藤虎丸：《郁達夫作品中的女性》，見《近代中國的思想與文學》（東京，一九六七），第三一〇至三一一頁。
㊸賀玉波：《郁達夫論》（上海，一九三六），第一三六頁。

㊹郁達夫的煙癮和他的酗酒一樣臭名遠揚。他抽煙，「每天至少要五十支以上」。方木：《郁達夫兩謎》，見李冰人、謝雲聲編：《郁達夫紀念集》（新加坡，一九五九），第四頁。

㊺同上，第廿五頁引用。

㊻錢杏邨：《郁達夫代表作後序》，見素雅編：《郁達夫評傳》（上海，一九三一），第三十七頁。

㊼魯迅：《父親的病》，見《魯迅全集》卷二，第二六一至二六二頁。

㊽見埃里克・埃里克森：《少年路德》（紐約，一九五八）及《甘地的真理》（紐約，一九六九），第一二三至一三三頁。

郁達夫作品精選：4
# 歸航【經典新版】

作者： 郁達夫
發行人：陳曉林
出版所：風雲時代出版股份有限公司
地址：10576台北市民生東路五段178號7樓之3
電話：(02) 2756-0949
傳真：(02) 2765-3799
執行主編：朱墨菲
美術設計：吳宗潔
行銷企劃：林安莉
業務總監：張瑋鳳

初版日期：2019年8月
ISBN：978-986-352-718-3

風雲書網：http://www.eastbooks.com.tw
官方部落格：http://eastbooks.pixnet.net/blog
Facebook：http://www.facebook.com/h7560949
E-mail：h7560949@ms15.hinet.net
劃撥帳號：12043291
戶名：風雲時代出版股份有限公司

風雲發行所：33373桃園市龜山區公西村2鄰復興街304巷96號
電話：(03) 318-1378
傳真：(03) 318-1378
法律顧問：永然法律事務所 李永然律師
北辰著作權事務所 蕭雄淋律師

行政院新聞局局版台業字第3595號 營利事業統一編號22759935


**定價：220元**



國家圖書館出版品預行編目資料

郁達夫作品精選：4 歸航 經典新版 / 郁達夫著 --
初版. -- 臺北市：風雲時代, 2019.07 面； 公分

ISBN 978-986-352-718-3（平裝）

855 108007641